就让这微光，点亮你

BNU官微日记

主　编：孙薇薇　刘长旭

光明日报出版社

图书在版编目（CIP）数据

就让这微光，点亮你：BNU 官微日记 / 孙薇薇，刘长旭主编 . -- 北京：光明日报出版社，2021.5

ISBN 978-7-5194-6129-4

Ⅰ.①就… Ⅱ.①孙… ②刘… Ⅲ.①散文集—中国—当代 Ⅳ.① I267

中国版本图书馆 CIP 数据核字（2021）第 124460 号

就让这微光，点亮你：BNU 官微日记

JIURANG ZHE WEIGUANG,DIANLIANGNI:BNU GUANWEI RIJI

主　　编：孙薇薇　刘长旭

责任编辑：刘兴华　　责任校对：刘欠欠

封面设计：中联华文　　责任印制：曹　净

出版发行：光明日报出版社

地　　址：北京市西城区永安路 106 号，100050

电　　话：010-63169890（咨询），010-63131930（邮购）

传　　真：010-63131930

网　　址：http://book.gmw.cn

E - mail：gmrbcbs@gmw.cn

法律顾问：北京市兰台律师事务所龚柳方律师

印　　刷：三河市华东印刷有限公司

装　　订：三河市华东印刷有限公司

本书如有破损、缺页、装订错误，请与本社联系调换，电话：010-63131930

开　　本：170mm × 240mm

字　　数：256 千字　　印　　张：18.5

版　　次：2021 年 5 月第 1 版　　印　　次：2021 年 5 月第 1 次印刷

书　　号：ISBN 978-7-5194-6129-4

定　　价：98.00 元

2018年度BNU官微学生团队名单

（按姓氏首字母排序）

曹德志	陈佳颖	陈可欣	陈路得	陈渺渺	陈伊峤	程惠群
邓子寒	杜佳蔷	范珂心	范晓晶	冯雲梦	龚　听	谷　璇
谷子裕	韩明均	韩曦莹	郝泽华	郝文慧	何于扬	胡丹尼
黄豆豆	黄泽雨	黄钊艺	黄紫蕾	焦淑嫣	焦思雨	金　川
李彤宇	李嘉欣	李汶锦	廖欣梅	林宇轩	刘凡昕	刘思贝
刘天娇	刘雨婷	刘越浩	刘子葳	柳　瑶	卢楠楠	栾金晔
蒙若萱	孟　昕	潘林威	彭镜陶	冉乔月	任昊莅	申金女
孙奥龙	宋国语	宋佩哲	宋蔚奇	唐尧佳	汪亚洁	王　翀
王凌风	王　倩	王思林	王艺铭	王钰玮	王梓童	魏辽辽
闻　艺	吴佳芮	吴谱乐	吴奕霖	谢晓琦	邢雅文	邢钰婧
徐婉玲	徐一苇	许　佳	杨齐培	叶　瑛	殷子涵	岳天舒
允寒琦	张乾志	张一帆	张又今	张兆一	赵敏如	赵　育
周一诺	周林怡	朱碧璇	左　莹	任美琪	盛诗雯	

前 言

在全媒体时代，舆论生态、媒体格局、传播方式已发生深刻变化，高校宣传思想工作面临新的机遇和挑战。高校如何因势而谋、应势而动、顺势而为，更好地承担起举旗帜、聚民心、育新人、兴文化、展形象的使命任务？在推动媒体融合发展的过程中，北京师范大学党委宣传部（新闻中心）坚持“正能量是总要求，管得住是硬道理，用得好是真本事”，以打造新媒体宣传矩阵为着力点，提升传播力、引导力、影响力、公信力，形成网上网下同心圆，为学校改革发展和“双一流”建设凝心聚力、营造良好舆论氛围。

北京师范大学（简称“北师大”）官方微信（微信号：bnuweixin）自2013年4月开通至今，总用户数超过27万。回首来路，六年多来全年无休的辛勤耕耘，有跌跌撞撞但勇往直前的尝试与探索，有坎坷不平但丰沛充盈的成长与蜕变，我们始终追求热度、高度、广度、温度、速度，希望选题更准、立意更高、受众更多、故事更暖、手速更快。“无微不至，微观你的大学”，这是官微成立之初便许下的承诺，也是我们一直以来的坚守。

本书从2018年北师大官方微信编发的485篇推送中，精选了浏览量高、图文并茂、文质兼美的近50篇推送，分录在三个篇章，以官微日记的形式，呈现一个个北师大人经历的重要节点和荣耀时刻、体味的校园故事和人情风物，凸显正能量和主旋律，固化新媒体平台的校园文化产品。“高光时刻”一章记录了一年来学校发展的大事要事、取得的重大成果和荣誉；

“凡星灿烂”一章讲述了诚信质朴、追求卓越的北师大人，在平凡中创造不平凡的人物故事；“锦瑟华年”一章描摹了四季流转中校园里的人情风物，留下专属于新外大街19号的青春记忆。

在北京师范大学建设“综合性、研究型、教师教育领先的中国特色世界一流大学”的历史征程中，有官方微信的见证与记录，有新媒体人的心血与汗水，这力量虽微小但持久。我们相信，见微知著，星火燎原，涓涓细流终将汇聚成大江大河，无数个点滴也可以联结成宏大叙事。微言且大义，就让这BNU官方微信的烛火微光，点亮你的大学，闪耀你的青春！

（考虑到纸质媒介特点，我们对图文内容做了适当编辑，删减了音视频，欢迎大家扫描文末二维码阅读推送原文。）

目录

壹 · 高光时刻

贰·凡星灿烂

叁 · 锦瑟华年

附录

后记

壹

高光时刻

历史的苍穹
闪耀着夺目光芒
辉煌的诗篇
记录每一个高光时刻

这些砥砺奋进的过往
彰显着锐意进取的决心

让我们沿着时代的轨迹
一路笃定前行

你好，2018 | 北京师范大学 2018 新年贺词

推送时间：2018年1月1日

老师们、同学们，

广大校友、社会各界朋友们：

木铎悠悠辞旧岁，金声玉振报春来。值此辞旧迎新之际，我们代表学校党委和行政，向爱岗敬业、默默奉献的教职员工，向朝气蓬勃、奋发向上的青年学子，向情系学校发展的离退休同志，向遍布海内外的广大校友，向鼎力支持北京师范大学建设的社会各界人士，致以最真诚的问候和最诚挚的新年祝福！

2017年，党中央的决策部署激发了我校改革发展的新动力。党的十九大胜利召开，以习近平同志为核心的党中央为决胜全面建成小康社会、全面建设社会主义现代化强国指明了方向，深化实施教育优先发展战略成为我校发展的重大机遇。学校迎来中央专项巡视的政治体检，按照总书记的“标杆”要求，对照中央专项巡视开出的“药方”集中整改，为未来发展奠定了坚实基础。

2017年，我校进入建设世界一流大学的新阶段。我校召开第十三次党代会，绘制了分三步走建设综合性、研究型、教师教育领先的中国特色世界一流大学的总蓝图。我校入选一流大学建设高校 A 类名单，11个学科入选“双一流”建设学科；在第四轮学科评估中，6个学科进入 A+，全国高

校排名第六，学校正在着力构建“高原支撑、高峰引领”的学科发展体系。我校与广东省、珠海市签署共建协议，推进珠海校区战略转型；昌平校园G区即将投入使用，“一体两翼”的办学格局正在形成。

2017年，我校师生凝心聚力创造了很多新成绩。我校学子获得“挑战杯”全国大学生课外学术科技作品竞赛特等奖；我校科研经费总额首次突破8亿元，国家社科基金项目立项数位列全国高校第一；我校获批首个国家工程实验室，成功入选国家高端智库培育试点。这些成绩，凝聚着全校师生员工的辛勤汗水与创造智慧，大家辛苦了！

新年钟声已经敲响。2018年，是全面贯彻落实党的十九大精神的开局之年，是落实我校第十三次党代会精神的开局之年，也是我校改革与发展的关键之年。

我们将以习近平新时代中国特色社会主义思想为指引，坚持为民族复兴办教育、为国家富强育英才、为人民幸福筑基石、为师生发展谋福祉的初心，系统推进人事、机构、资源配置等多领域综合改革，加快推进中国特色世界一流大学建设。

全体北师大人，特别是广大党员领导干部要牢记使命、勇于担当、脚踏实地、攻坚克难，让我们携手创造北京师范大学更加美好的明天！

衷心祝愿大家新年快乐，身体健康，阖家幸福！

北京师范大学
党委书记　程建平
校　　长　董　奇
2018年1月1日

扫描二维码浏览原文

入选首批“全国高校黄大年式教师团队”，北师大这个团队不一般！

»»» 推送时间：2018年1月10日

为贯彻落实习近平总书记对黄大年同志先进事迹重要指示精神，教育部开展了“全国高校黄大年式教师团队创建活动”，在近日公布的首批201个“全国高校黄大年式教师团队”中，由北京师范大学文学院王宁教授领衔的北京师范大学古代汉语教学团队成功入选！

▲ 北京师范大学古代汉语教师团队

王宁教授在中国传统语言文字学、汉字信息处理、语言文字教育等领域有重大建树，在她的带领下，古代汉语教师团队以中国语言文字学和古代典籍为核心，致力于中华优秀传统文化的传承与弘扬，为中国的文化建设竭诚尽力，在教书育人、科研创新、社会服务等方面，都有很好的口碑与声誉，形成了一支结构合理、实力雄厚，具有浓厚的文化底蕴与高度的凝聚力的教师团队。

团队事迹

师风师德

心有大我，担当使命，承担弘扬中华优秀传统文化的历史责任。在王宁教授的带领下，秉承代代相传的师承与教育理想，形成了独特的学科传统，以中国语言文字学和古代典籍为核心，致力于中华优秀传统文化的传承与弘扬，为中国的文化建设竭诚奉献。

心系祖国，至诚奉献，为社会文化的多元建设竭诚尽力。团队以教书育人为根本使命，完成了6800多个学时的教学任务，义务开设大量辅学课程，为中小学教师开设大量培训课程，为全社会开设各种普及讲座。

教书育人

古代汉语教师团队坚持通识教学与专业教学相结合、课内教育与读书会等多种形式相结合，建立起以中国语言文字学为核心的教学体系，开设的课程基本涵盖中国语言文字学的全部领域，课程门类、课时数量、教学质量都在我校教师队伍中名列前茅。

同时，团队注重教研、勇于突破，积极将最新科研成果融入教学，不断创新教学的理念与方法，培养了一大批优秀的硕博士研究生和本科生。团队成员多次荣获国家级、省部级、校级教学科研奖励，如高等学校科学研究优秀成果奖、北京市优秀博士论文指导教师、北京市教学名师奖、宝钢优秀教师奖等荣誉。

科研创新

古代汉语教师团队整体科研实力雄厚，科研成果突出。近五年来，在王宁教授的带领下，团队出版了多部学术专著，发表各类学术论文百余篇，承担各类课题48项，其中国家及省部级社科重大项目10项，重点项目1项，教育部基地重大项目4项，为国家提供咨询报告多项。团队还注重国际学术交流合作，多次主办跨国学术会议，与美国、法国、韩国、日本、新加坡等多个国家和地区的同行学者建立了长期的学术合作关系。

尤其王宁教授开创的汉字构形学，在汉字学史上是具有里程碑意义的重要成果，《汉字构形学导论》在国内外学术界产生了重大影响。

社会服务

古代汉语教师团队注重科研成果转化，满足国家重大语言文字需求。

在汉字规范领域，王宁教授主持制定、后由国务院发布的《通用规范汉字表》是新中国成立以来汉字规范的集大成者。团队成员还协助解决了国家二代身份证的疑难字、公安部人名用字的规范、化学元素111、113、115、117、118的中文定名等问题，成为国家语言规范工作的最重要的智库。

在基础教育领域，王宁教授参与了基础教育书法教材的编写审定、语文课程标准的研制等工作，团队成员共为全国中小学教师开展了上百次的教学辅导与培训讲座。

在汉字国际编码领域，李国英、周晓文教授长期跟踪国际标准化组织汉字计算机国际统一编码工作，代表中国大陆向国际编码组织提交甲骨文、小篆的计算机国际编码字形表，在国际上产生了重要的影响。

在文化普及上，团队成员凭借自身的学术基础，利用《开学第一课》、“国图公开课”、“章黄国学讲座”等多种传媒途径弘扬中华优秀传统文化。

团队建设

古代汉语教师团队所属的北京师范大学古代汉语研究所，最早可以追溯至1902年京师大学堂师范馆的国文类开设的汉语、汉字课程，至今已有百余年的发展历史。

同时，团队也是章黄学术在现代中国的重要继承者，有百余年的学术传统，薪火相传，具有深厚的文化底蕴。在王宁教授几十年坚持不懈的追求和建设下，学科已形成了继承和发扬中国传统语言文字学的传统，形成了一支具有高度的凝聚力与强烈的使命感的教师团队，在教书育人、科研创新、社会服务中做出了重要贡献。

目前，古代汉语研究所形成了以国内著名专家为核心、以中青年学者为骨干，年龄结构合理、勇于创新、团结协作的教师团队。在几十年的学科建设过程中，古代汉语教师团队形成了良好的老中青传帮带机制，将科研项目、团队建设和学科发展有效结合。在科研上，多项大型攻关项目均为团队成员共同完成。在教学中，团队重视集体备课、听课、课后讨论，在教学一线上培养人才。团队教师在科研教学中快速成长、成绩显著。

扫描二维码浏览原文

重要发布！看得见虎豹、管得住人，北师大研发的这个系统厉害了！

推送时间：2018年2月9日

2005年至今，这支由北师大师生组成的东北虎豹研究团队，在东北虎豹回归的道路上努力奋斗了十三年；他们推动设立的“东北虎豹国家公园”，成为了中国生态文明建设的亮丽名片。

而就在昨天，他们向全球公布了这样一个强大的系统，将中国国家公园自然资源监测和管理推向了一个崭新的时代！

2月8日，东北虎豹国家公园自然资源监测系统在北京师范大学—国家林业局东北虎豹监测与研究中心正式开通。

这是一个真正实现虎豹国家公园大面积全覆盖的智能化自然资源监测、评估和管理体系，是自然资源现代化和信息化的一个重要里程碑，标志着我国国家公园自然资源监测和管理进入了一个崭新的时代。

北京师范大学校长董奇表示，北京师范大学按照国家建设“双一流”高校的要求，在做好人才培养、科学研究等基础工作的同时，充分利用学科优势，扎根祖国大地，服务国家重大战略需求。与国家林业局共建东北虎豹监测与研究中心，就是学校积极参与生态文明建设国家战略的生动实践。学校将以东北虎豹监测与研究中心建设为契机，继续加大支持力度，为建设生态文明、美丽中国提供智力支持。

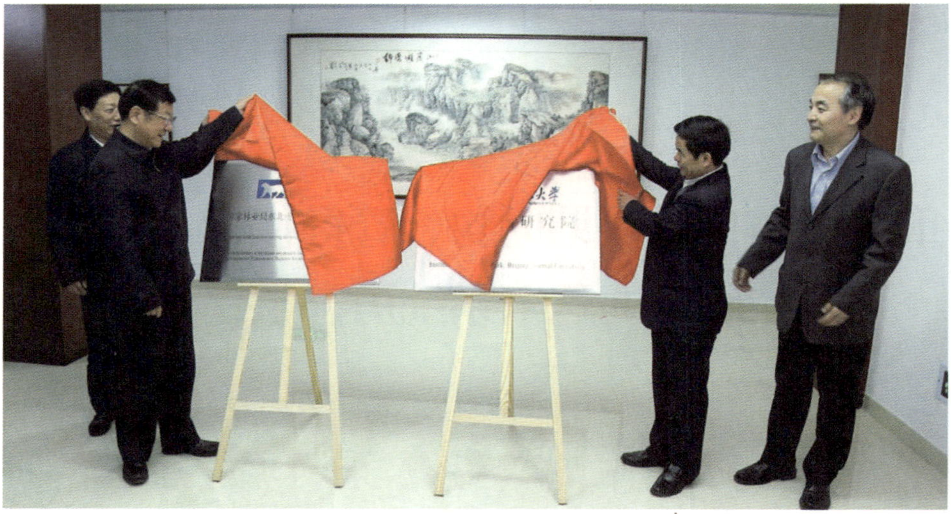

▲ 国家林业局东北虎豹监测与研究中心、北京师范大学国家公园研究院揭牌仪式

国家林业局局长张建龙指出，党中央、国务院高度重视东北虎豹保护工作。党的十九大明确要求“建立以国家公园为主体的自然保护地体系”，这是新时代中国特色社会主义现代化建设的重大任务。2016年12月5日中央全面深化改革领导小组第十三次会议审议通过了《东北虎豹国家公园体制试点方案》，开启了我国东北虎豹保护的新纪元。2017年7月，东北虎豹国家公园管理局和东北虎豹国家公园国有自然资源资产管理局挂牌成立，标志着我国第一个由中央直接管理的国家公园和国有自然资源资产管理机构正式建立。自试点工作开展以来，在中央财办、中央编办、国家发改委、财政部等部门的大力支持下，国家林业局和吉林省、黑龙江省政府及有关部门密切配合，加快推进自然资源资产管理、国家公园总体规划、巡山清套行动等试点工作。

据国家林业局东北虎豹监测与研究中心负责人、北京师范大学教授葛剑平介绍，预计在2020年，东北虎豹国家公园自然资源监测与管理体系将覆盖东北虎豹国家公园全区域。届时，十余万个各种类型的监控终端将遍布国家公园的各个角落，对东北虎豹国家公园的虎豹等野生动物和自然资源，达到真正的精准化、智能化监测、评估和管理。实现“看得见虎豹、管得住人”的全新“互联网＋生态”的国家公园自然资源信息化、智能化管理模式。

开通仪式上，东北虎豹国家公园管理局、保护站、森林公安、边防部队等各级管理部门联合演练了国家公园监测和保护的协调指挥和管理流程。东北虎豹国家公园自然资源监测系统指控中心精准获得了国家公园大范围内的各种实时监测信息、以及野外一线巡护人员的实时位置。巡护人员与指控中心进行了语音、视频通话、突发事件实时上传等一系列操作。指控中心结合自然资源监测大数据的智能分析结果，发出多个监测和管理指令，多支野外一线队伍按照指令，有条不紊地完成相关指令任务。从发现野外事件、实时上报到指控中心分析评估、发布管理指令、野外队伍接受指令，整个过程在短短的数分钟之内完成。

▲ 东北虎豹国家公园自然资源检测系统实时运营展示

系统介绍

该系统集成云存储、智能分析、互联等新技术手段，在吉林珲春500平方公里虎豹密集活动区域，成功建立了东北虎豹国家公园自然资源监测小试基地。安装在东北虎豹国家公园的100余台野生动物、水文、气象、土壤等监测终端，从野外实时回传大量的水、土、气、生等自然资源监测数据，包括东北虎、东北豹等珍稀濒危物种数据，实现了对自然环境下野生东北虎豹野外生存状况的全面跟踪，实现了运用信息化手段对国有森林资源和生产经营活动的全面管理，为构建以东北虎豹为主体的国家公园天地空一体化自然资源监测网络全覆盖奠定了坚实基础。

团队介绍

虎，中国人耳熟能详的传统文化符号之一，十二生肖排第三。

然而，本世纪初，虎却面临着在中国野外灭绝的危机。

2005年，一支由北京师范大学师生组成的虎豹研究团队，一头扎进了东北莽莽林海，开始了拯救森林之王的征程。十三年，他们翻山越岭十几万公里，用双脚踏遍虎豹出没的每一座大山；十三年，他们风餐露宿，终日与野兽为伍，被戏称为“野人”；十三年，他们用坚韧不拔的毅力和持之以恒的科学精神，书写着属于中国的虎豹保护故事。

十年磨一剑，他们在东北林海中建立起了世界最大的虎豹定位监测网络，十年心血汇成了《关于实施“中国野生东北虎和东北豹保护和恢复重大生态工程”的建议》。习近平总书记对此建议做出重要批示。建立“东北虎豹国家公园”，恢复野生东北虎豹种群，成为中国生态文明建设的名片。

这是中国生物多样性保护领域由基础科学研究推动国家战略的首个案例。他们的相关成果被 *Science* 专题报道，被 *Springer Nature* 评为2016年“可以改变世界的180篇年度杰出论文”，中国虎豹保护的故事传遍世界。

王者归来，北京师范大学虎豹研究团队希望让更多的野生东北虎豹踏上回归之路，为子孙后代创造一个生机勃勃的美丽家园！

扫描二维码观看视频
了解北师大虎豹研究团队

北师大6个学科进入世界前100！ 2018年QS世界大学学科排名新鲜出炉

推送时间：2018年3月1日

2018年QS世界大学学科排名新鲜出炉！本次排名涵盖5个领域，共计48个学科。

在本次QS世界大学学科排名中，北京师范大学位列大陆高校第7名。

其中教育学进入世界前50，语言学、现代语言学、哲学、地理学、发展研究进入世界前100。

此外还有17个学科进入世界前500，分别为：心理学、环境科学、考古学、艺术设计、英语语言文学、数学、统计学与运筹学、材料科学、化学、法学、物理学和天文学、经济学和计量经济学、社会学、工商管理、生物科学、计算机科学与信息系统、机械和航空制造工程。

2018年QS世界大学学科排名入选科数（中国内地高校）

序号	学校名称	前10	前50	前100	前500
1	北京大学	2	29	38	38
2	清华大学	3	21	33	33
3	复旦大学		7	22	30
4	浙江大学		3	12	28
5	南京大学		2	6	26
6	上海交通大学		10	18	25
7	北京师范大学		1	6	23
8	武汉大学		2	3	21
9	中山大学			1	21
10	同济大学		3	3	17

扫描二维码浏览原文

号外！北师大12人入选第三批国家“万人计划”

推送时间：2018年3月29日

国家“万人计划”是一项涵盖领域广、涉及部门多、实施周期长的高层次人才支持计划，由中组部、中宣部、教育部、人社部等11个部委联合推出，面向全国自然科学、工程技术和哲学社会科学领域的杰出人才、领军人才和青年拔尖人才给予特殊支持，旨在加快培养造就一批高层次创新创业人才。

近日，中共中央组织部办公厅公布第三批国家“万人计划”入选人员名单，我校12位教师入选。

第三批国家“万人计划”入选人员名单包括五类人才，共计1686人。其中科技创新领军人才720人，科技创业领军人才367人，哲学社会科学领军人才215人，教学名师195人，青年拔尖人才189人。

第三批国家“万人计划”入选人员名单

姓名	院系	入选
张强	地理科学部	科技创新领军人才
夏星辉	环境学院	科技创新领军人才
董世魁	环境学院	科技创新领军人才

续表

姓名	院系	入选
刘嘉	心理学部	科技创新领军人才
石中英	教育学部	哲学社会领军人才
赖德胜	经济与工商管理学院	哲学社会领军人才
杜桂萍	文学院	哲学社会领军人才
辛涛	中国基础教育质量监测协同创新中心	哲学社会领军人才
康震	文学院	教学名师
尹心安	环境学院	青年拔尖人才（并获得经费支持）
卢明春	心理学部	青年拔尖人才（并获得经费支持）
王亚菲	统计学院	青年拔尖人才（并获得经费支持）

（排名不分先后）

不忘初心，他们用自己的努力与坚持，彰显“学为人师，行为世范”的校训精神。迈向新时代，一代又一代的北师大人，也必将不辱使命，在努力建设综合性、研究型、教师教育领先的中国特色世界一流大学的过程中贡献出自己的一份力量！

扫描二维码浏览原文

北师大6位教师入选2017年度“长江学者奖励计划”

推送时间：2018年5月29日

▲ 长江学者奖励计划入选教师

近日，教育部下发了《2017年度“长江学者奖励计划”入选名单》的通知，经学校推荐、通信评审、会议答辩、人选公示、评审委员会审定、聘任合同签订等程序，教育部最终确定了2017年度“长江学者奖励计划”入选名单。

我校共有6位教师入选，其中3名教授入选“长江学者奖励计划”特聘教授，3名教授入选“长江学者奖励计划”青年学者。

1998年，教育部开始实施“长江学者奖励计划”，2011年启动新的“长江学者奖励计划”，继续实施特聘教授、讲座教授项目，每年支持高校聘任150名特聘教授、50名讲座教授。特聘教授聘期为5年，聘期内享受每年20万元人民币奖金；讲座教授聘期为3年，聘期内享受每月3万元人民币奖金，按实际工作时间支付。2015年，“长江学者奖励计划”首次设立青年学者项目，重点支持高校面向海内外培养引进在学术上崭露头角、创新能力强、发展潜力大、恪守学术道德和教师职业道德的优秀青年学术带头人。每年遴选200名左右，聘期3年，聘期内享受每年10万元人民币奖金。讲座教授聘用只面向中西部及东北地区高校。

2017年度北师大“长江学者奖励计划”入选名单

特聘教师

姓名	院系	设岗学科
过常宝	文学院	中国古代文学
王开存	全球变化与地理系统科学研究院	大气物理与大气环境
王向远	文学院	比较文学与世界文学

青年学者

姓名	院系	设岗学科
何林	物理学系	凝聚态物理
罗良	协同中心	课程与教学论
薛二勇	教育学部	比较教育学

扫描二维码浏览原文

点赞！北师大获准 42 项 2018 年度国家社科基金项目！

推送时间：2018 年 7 月 2 日

近日，2018 年度国家社科基金项目评审结果正式公布，我校 42 项课题获准立项。其中，重点项目 6 项，一般项目 24 项，青年项目 12 项，总立项数创历史新高。

重点项目

课题名称	负责人	项目类别	预期成果	学科	批准号	所在单位
新时代中国绿色发展的内生动力与长效机制研究	韩晶	重点项目	论文集、研究报告	应用经济	18AJY010	经济与资源管理研究院
隋唐五代城市社会各阶层研究	宁欣	重点项目	专著、其他	中国历史	18AZS006	历史学院
“一战”西线战地环境与老兵记忆研究	贾珺	重点项目	专著、译著	世界历史	18ASS001	历史学院
基于不同类型国际资本流动视角的金融危机统计测定研究	石峻驿	重点项目	论文集、研究报告	统计学	18ATJ005	统计学院
大数据个性化知识的本体论意义与认识论价值研究	董春雨	重点项目	专著、论文集	哲学	18AZX008	哲学学院

续表

课题名称	负责人	项目类别	预期成果	学科	批准号	所在单位
国家创新型试点城市的政府创新治理研究	章文光	重点项目	专著、研究报告	管理学	18AGL020	政府管理学院

一般项目

课题名称	负责人	项目类别	预期成果	学科	批准号	所在单位
基于产业链视角的中国工业系统生态效率评价与路径优化研究	张江雪	一般项目	专著	应用经济	18BJY038	经济与资源管理研究院
祖先崇拜与商周社会研究	罗新慧	一般项目	专著	中国历史	18BZS035	历史学院
古代基督教神学与基督教史学的建构研究	刘林海	一般项目	专著	世界历史	18BSS022	历史学院
东方国家整体崛起趋势下的外交史研究	陈奉林	一般项目	专著	世界历史	18BSS047	历史学院
中国共产党基层组织弱化虚化边缘化问题调查与解决路径研究	张润枝	一般项目	论文集、研究报告	马列·科社	18BKS112	马克思主义学院
网络宗教对大学生的影响及对策研究	邢国忠	一般项目	研究报告	马列·科社	18BKS173	马克思主义学院
新时代全面从严治党与党的执政安全研究	马振清	一般项目	专著	党史·党建	18BDJ006	马克思主义学院
中国社会工作服务机构管理者领导力实践模式研究与本土化理论建构研究	张欢	一般项目	论文集、研究报告	社会学	18BSH154	社会发展与公共政策学院
中国居民家庭收入分配动态格局的统计测度与评价研究	孙永强	一般项目	论文集、研究报告	统计学	18BTJ019	统计学院
王阳明思想在西方的翻译、传播与影响研究	曹雷雨	一般项目	论文集	哲学	18BZX082	外国语言文学学院
古代晚期圣徒文学研究	张欣	一般项目	专著	外国文学	18BWW074	文学院

续表

课题名称	负责人	项目类别	预期成果	学科	批准号	所在单位
西方文论的非再现转向研究	吕黎	一般项目	译著、论文集	中国文学	18BZW016	文学院
现当代散文的体类概念系统研究	黄开发	一般项目	专著	中国文学	18BZW147	文学院
百年华人作家的文化中国情怀研究	沈庆利	一般项目	专著	中国文学	18BZW148	文学院
遗产旅游与中国神话资源的创造性转化研究	杨利慧	一般项目	专著	中国文学	18BZW177	文学院
网络社会资本对我国新型医患关系建构的影响研究	周敏	一般项目	研究报告	新闻学与传播学	18BXW086	新闻传播学院
构建中国特色反腐败国际追逃追赃长效机制研究	廖明	一般项目	专著	法学	18BFX087	刑事法律科学研究院
儒家核心价值观研究	李祥俊	一般项目	专著	哲学	18BZX079	哲学学院
人口结构转变的经济影响及其替代因素研究	王颖	一般项目	论文集	人口学	18BRK002	政府管理学院
金砖国家参与全球治理体系改革和建设研究	王磊	一般项目	专著、研究报告	国际问题研究	18BGJ029	政府管理学院
高校图书馆吸引专业志愿服务的制度基础及管理机制研究	王琼	一般项目	论文集、其他	图书馆、情报与文献学	18BTQ018	政府管理学院
网络综合治理体系的战略建构及运行机制研究	孙宇	一般项目	研究报告	管理学	18BGL203	政府管理学院
我国居民公共服务“获得感”理论内涵及其评价研究	尹栾玉	一般项目	专著、研究报告	社会学	18BSH127	中国社会管理研究院/社会学院
复合型邻避补偿政策设计及运行机制研究	刘冰	一般项目	论文集、研究报告	管理学	18BGL211	中国社会管理研究院/社会学院

青年项目

课题名称	负责人	项目类别	预期成果	学科	批准号	所在单位
面向汉语国际教育的智能测试技术研究	胡韧奋	青年项目	论文集、电脑软件	语言学	18CYY029	汉语文化学院
农村精神贫困问题及其治理研究	刘欣	青年项目	研究报告、其他	社会学	18CSH026	经济与资源管理研究院
中共早期留苏学生群体研究	孙会修	青年项目	专著	中国历史	18CZS047	历史学院
日本足利学校藏宋刊本《周易注疏》整理与研究	谢炳军	青年项目	专著	图书馆、情报与文献学	18CTQ015	历史学院
新时代我国社会主要矛盾变化与劳动关系演变研究	肖潇	青年项目	研究报告	马列·科社	18CKS022	马克思主义学院
构建共享发展制度保障体系研究	王丹	青年项目	专著、论文集	马列·科社	18CKS023	马克思主义学院
我国青少年足球发展的资源配置优化研究	刘天彪	青年项目	论文集、研究报告	体育学	18CTY011	体育与运动学院
理学语境中诗的话语力量以及朱子诗的美学境界赏析	刘思宇	青年项目	论文集	中国文学	18CZW002	文学院
“方言—普通话”双语环境下的婴幼儿声调习得机制研究	曹梦雪	青年项目	研究报告	语言学	18CYY021	文学院
人工智能时代的刑法前瞻与应对研究	孙道萃	青年项目	专著	法学	18CFX041	刑事法律科学研究院
互联网价值论研究	王小伟	青年项目	专著	哲学	18CZX016	哲学学院
简帛及传世文献中的兵家学派研究	洪德荣	青年项目	其他	语言学	18CYY035	珠海分校

扫描二维码浏览原文

被朋友圈刷屏，提名全国高校辅导员年度人物，这位北师大人靠实力圈粉！

推送时间：2018年7月4日

6月25日，由教育部思想政治工作司、人事司主办的2018年全国高校辅导员工作现场会在中南大学召开。会议对在“第十届全国高校辅导员年度人物推选展示活动”中获得荣誉的辅导员和第七届全国高校辅导员素质能力大赛获奖者进行了表彰，并对全国高校辅导员年度人物推选展示活动十周年进行了回顾总结。我校政府管理学院专职辅导员郭智芳老师荣获“第十届全国高校辅导员年度人物”提名奖。

郭智芳，女，中共党员，于2008年走上辅导员岗位。现任政府管理学院党委副书记，负责全院本、硕、博700余名同学的学生工作，累计带过5个本科生、研究生班。承担《形势与政策》《大学心理》《管理素质综合提升》等课程的授课任务，并在期末学生评教中获得过“5分”满分。获得“北京市青年岗位能手”“北京市优秀辅导员”，北京师范大学“弘德辅导员”“优秀学生工作干部”“优秀基层党务工作

▲郭智芳荣获《第十届全国高校辅导员年度人物》

者”“优秀团委书记”“十佳辅导员”等荣誉称号。

2008年，郭智芳心怀教育热忱踏上了工作岗位，学生工作一做就是十年。十年来她不忘初心，不断探索，践行了“以问题解决为导向，以制度建设为基点，以理论研讨为特点，以活动创新为亮点”的学生工作路径。

“倾心”辅导员：以人化人、不解决问题不罢休

作为辅导员，就是要在形势的发展中不断破解难题，高质量培养合格建设者和可靠接班人，这是郭智芳对自己的要求。面对党建实践体验不能持久有效的难题，她躬身践行，每年坚持组织学生前往红色教育基地开展社会实践，体悟延安、西柏坡、井冈山等革命时期的传统，学习红旗渠、大庆等建设时期的精神，走近屠呦呦、黄大年等优秀共产党员，充分利用“政先锋成长群”等线上和线下的平台和学生们一起将在实践中得来的所学所悟渗透进日常工作、学习和生活的点滴之中；依靠开发“党员需求调研问卷”和《满意度测评量表》促成实践活动数量和质量双提升。

郭智芳创造性地采取了“影像记录”的方式，指导党支部对党员发展的转正过程进行录制并对影像存档，为党员的政治生日留下珍贵的记忆。她推进“三诺”、“党员成长袋”和“政治生日会”等活动，促进党员在感动中仔细梳理自己成长的脚印。“三诺”——承诺、践诺、评诺，实现党员自我提高、自我净化、自我完善；“党员成长袋”（四个“一”）、“政治生日会”（六个“一”）提升党员党性认知，提高党组织的凝聚力、战斗力。这些真正有高度、有深度、有温度的活动得到广大党员同学的好评。

在创新形式的同时，郭智芳不断提升学生活动的思想高度。“观看十九大、收听十九大、细读十九大、研讨十九大、分享十九大”，内心激动振奋的她对党的十九大精神进行了充分学习，撰写了4万余字的心得。在此基础上，她组织“我心中的十九大”北京师范大学视觉大赛活动，让北师大学子用创意表达自己对十九大精神的理解。不论是勾勒祖国大好河山，还是记录祖国发展历程，或是描绘祖国发展前景，都可以使理论学习和价值引领透过学生的“眼睛”直达“心灵”，真正落到实处，收获实效。

“匠心”辅导员：坚持十年学工课题，实现管理科学化

有学工同仁询问：“政管院的学生管理这么严格，学生怎么就心甘情愿地执行？”郭智芳总会笑着回答：“我们有学工课题。”为实现学生的自我教育、自我管理、自我服务，推进学生工作科学化、规范化、精细化建设，她坚持连续10年带领学生做学生工作课题研究，已立项98个课题，400余人参与，课题内容涵盖学生工作中的党建、评奖评优、助困、保研等多个与学生息息相关的事宜。学工课题研究的设立和实施，在发挥学科优势、科学指导、优化提升学生工作的同时，引导鼓励学生参与自我管理、锻炼科研能力、强化实践意识，推进科学育人、素质育人、综合育人的有效落实，实现了学生需求、组队调研、课题研究、制度完善的闭环提升。学生们看到经过自己调研制定出来的规定细则在全院推行，自觉执行的同时，作为主人翁的自豪感也会骤增。这些好做法也被《中国青年报》等媒体报道。

在此基础上，郭智芳充分发挥学院学科的优势，借鉴组织设计理论，建立了矩阵式的学生基层组织构架。打破同年级设立支部的体系，依照专业设置，建立了纵向贯通、横向联动的学生基层组织体系和传帮带平台；根据人力资源管理理论，先后制定、完善了400余页、20余万字的《政府管理学院党支部工作手册》《岗位职责说明书》等制度细则；依据电子政务和信息管理理论，设置规章制度专栏和工作流程图。将规章制度公布于众，便于查阅、学习、执行和监督；将流程较多、要求较细的工作程序绘制为流程图，便于工作的顺利承接和有效开展。这样，整体工作实现了管理制度化、制度流程化、流程表单化、表单信息化。

“舒心”辅导员：十年“郭子预约”，七千学生的倾情陪伴

作为辅导员，郭智芳和学生沟通也有自己的小妙招。她建立了“郭子预约表”与学生开展面对面的“心交流，心成长”活动。十年来约谈学生7000余人次，形成相关文字8万余字。这里面记录着学生们的焦虑、困惑、挣扎、释然、奋起与欢乐。在郭智芳的心里，对学生的陪伴是最长情的表

▲郭智芳和学生们

白。她常说“遇见孩子，遇见学生，遇见更好的自己”。不少学生在工作日课程、实习、求职等安排比较满，她就把约谈时间放在八小时工作之外的时间。有一位大四学生，因考研自我感觉不好，心情十分低落，她预约郭智芳寻求帮助。郭老师不仅和她一起分析当时的形势，还和她一起做长远的规划。数次的促膝长谈后，该同学不仅考研成功，还学会了带着“看花，听雨，赏荷”的惬意去生活、去拼搏。提到这一段往事，这位研一新生饱含深情地说：“没有自己的坚持，我可能做不好考研的试卷；而没有郭老师的引导，我可能做不好人生的答卷。”

为了将这个活动做精做深，郭智芳把它发展成了一个有平台、有队伍、有活力的项目。她对学院生活指导室的建设，对雪绒花细则的制定，对各种活动工作的精心策划和细致总结，提升了学生间朋辈互助、自我服务的水平，也在学院内营造出了浓厚的“家”的氛围。“家在政管”“青春综合政”“政好有你”“这一次让你来做我的公主”等走心活动让不少学生在眼角潮润的同时心灵得到滋养。这些都将心理健康教育、心理疏导工作化于无形之中。

学生们不会忘记，郭智芳办公室深夜亮着灯光的窗户；学生们不会忘记，她挺着38周的孕肚，一天之内与9位同学逐一促膝谈心的场景；学生们不会忘记，毕业合影时向她致躬时谢鞠，师生共同泛起的泪花。

“诚心”辅导员：不断成长的研究者、积极进取的专家

“打铁还需自身硬”，这是郭智芳一直笃定的信念。她潜心思政理论研究，为了充实职业能力、增强职业素养，提升对大学生进行理想信念教育和价值引领的水平，她主动积累马克思主义理论，以及哲学、政治学、教育学、社会学、心理学、管理学、伦理学、法学、历史学、文学、美学等学科的知识，有规划地参与思想政治、党团建设、心理健康教育、生涯辅导、网络思政、就业指导、危机处理、科学研究等8大类的培训。十年来，她先后14次参加省部级以上的辅导员培训，参与其他各类沙龙、讲座、课题研讨400余场，形成了70余万字的学习笔记和心得。厚厚的记录与思考背后，是她对知识和经验的渴求、对在实践中不断突破的热切期盼和对莘莘学子的爱与担当。

与此同时，郭智芳积极开展课题研究，先后主持省部级、校级课题10余项，参与省部级、校级课题10余项，近30篇论文被刊发在《思想教育研究》等期刊上。这些研究成果很好地指导、服务实际的同时，使广大学子在做有思想的行动者的同时做到了心中有底气，行动有力量。

“专心”辅导员：课堂创新不断，学生评教满分

郭智芳凭借自己日积月累的学习和成长，高效地解决着日常工作中的问题并连续9年倾心倾情给学生讲授“形势与政策”“大学心理”“管理素质综合提升”课程。为提高学生的主体意识和参与度，她将“教练技术”运用于教学中。譬如，在分享“价值观”主题时，她运用视频、冥想、素拓等形式，通过“偶像分享”“能量存款”等途径，让学生在体验式、讨论式课堂中轻松而又深入地收获对价值的思考，达到了思政课“入脑、入心、入行动”的教学目的。她经常将“社会主义核心价值观”等理论和学生的

实际有机结合，通过运用“自我效能感”“Swain 模式”“SWOT 分析”等理论，整合学生的文本话语素材和生活实例引导学生。在不断的探索和积累中，她提升了教育理念，改进了教学方法，做到了科学、生动，取得了显著成效。上过她课的同学们都说，她的课轻松、活泼，激情中又满含深入的思考，整个课程“出勤率、抬头率、点头率、回头率”四率齐高，学生给出评教满分“5分”的反馈。

与此同时，郭智芳的两篇教法研究论文发表在《思想教育研究》，教学方面的探索成果也先后四次获得北京市和学校的奖励。

“全心”辅导员：一树百获，硕果累累

▲郭智芳

十年的辛勤付出收获了从领导到学生的一致好评。所在组织2011年、2015年两次被评为北京市共青团“五四红旗团委”，2016年被评为“北京高校德育先进集体”；所指导的研究生会、学生会、党支部连续被评为校级优秀；所指导的两个社团双双获得学校“十佳社团”。她也被评为“北京市青年岗位能手”“北京市优秀辅导员”，北京师范大学首届“弘德辅导员”“优秀基层党务工作者”“优秀共产党员”“优秀团委书记”“十佳辅导员”等。对她来说，最自豪的还是她的学生、她所带的班。2008级公管班16位同学在2012年就涌现出两位北京师范大学“十佳大学生”（10/2251），其中一位还当选了第15届北京市海淀区人大代表；2010级人力资源管理班学生当选全国学联主席，学生都在不同的岗位上绽放着青春，做出了贡献。所指导的班团在2012年、2013年连续两年获得首都大学、中专院校“先锋杯”优秀团支部的荣誉称号，并在2013年北京高校“我的班级我的家”优秀班集体创建评选中被评为北京市优秀班集体。

十年来，郭智芳就是这样始终坚守在学生工作第一线，用细心关怀学生，用耐心应对困难，用恒心砥砺提升，用诚意感化朋辈，用创意优化工作，用深意升华育人。她的全心全意让她在德育工作中收获了累累硕果：思想引领中，她组织实施了一系列助力育人提升的举措，赤诚传星火，职业即事业；学生培养上，她于细处着眼，提升学生的全身心健康素养，全心暖陪伴，敬业育英才；教学科研中，她精研并呈现了一堂堂引人入胜的思政熏陶课，用理论研究指导实践操作，砥砺育人技，专业筑基石。匆匆十载，她用爱与担当，以执着、专业呵护了一批又一批政管学子成长成才，辛勤润桃李，乐业绽芳华。

扫描二维码浏览原文

喜报！北师大赵朝峰教授入选高校思想政治理论课教师2017年度影响力人物！

推送时间：2018年8月28日

近日，教育部高校思想政治理论课教学指导委员会等公布了《关于高校思想政治理论课教师2017年度影响力人物推选结果的通知》，我校马克思主义学院赵朝峰教授入选。

以质量提升课程效果 用担当落实立德树人

赵朝峰，法学博士，北京师范大学马克思主义学院教授、博士生导师，从事思想政治理论课教学十余年，北京市宣传文化系统“四个一批”人才、北京优秀德育工作者以及全国优秀科普专家，北京师范大学第十届最受本科生欢迎十佳教师，主持2项国家社科基金课题、2项教育部人文社会科学课题、2项北京市课题，研究成果曾获北京市哲学社会科学优秀成果奖一等奖、教育部高等学校科学研究优秀成果奖一等奖。

▲赵朝峰

坚持内容为王，以丰富的资料、彻底的理论、科学的方法提升课程质量

赵朝峰老师始终坚持课堂内容为王的原则，在资料收集、理论把握、方法改进等方面，下足了“笨功夫”，靠课程质量让学生坐下来、听进去、记得住、用得上。他的课堂资料内容翔实，一般包括国内外文字记载、音视频资料、统计数据等，多方面、全方位、立体地展现教学内容。他善于用马克思主义理论分析历史资料，对具体的史实进行归纳，抽象出深刻的道理，而不是就历史谈历史，实现了典型资料和严密理论的逻辑结合，学生普遍感觉到讲授内容的通畅透彻。他善于用“问题导向”法激发学生的兴趣，用“大道理”和“小道理”相结合调动学生的积极性，用历史与现实结合的方法启发学生的思考，有针对性地解决学生的疑难问题，最终使学生树立正确的历史观。

赵朝峰老师始终秉持“课大于天”的原则，敬畏课堂，站稳讲台。他在历年学生评教中一直是“优秀”，新生选课攻略中，他一直是学生首推的“中国近现代史纲要”任课教师。“赵老师的课风趣幽默”“他是我最难忘的公共课老师”“改变了我对思政课的认识”，这些评价每年都在学生们口中、文中、网站上相传，还有学生因此要换专业报考马克思主义理论的研究生。2014年他主讲的“中国近代史纲要”获北京师范大学本科教学优秀奖，2016年该课程被学校督导团一致推选为北京师范大学本科教改示范课程。他的教学成果被《中国教育报》《党建》专刊报道。他的教学课件入选教育部高校思想政治理论课“精彩多媒体课件”，教学案例入选北京市高校思想政治理论课优秀教学案例，并多次获得北京师范大学和北京市中国近现代史纲要学会的教学奖励。

重视学术研究，以研促教，从课堂激发问题、用思考回应课堂

课程效果的提升离不开学术思考和研究，赵朝峰老师始终秉持用学术讲政治的观点，非常重视科学研究，用科研增强教学内容和答疑解惑的穿透力和深刻性。他通过征集学生问题直接获取学生有疑惑的知识点，通过课上反馈、课下作业捕捉学生的不解之处，经过认真整理，结合大量史料和现有研究成果，深入思考和探索，形成了自己的解读体系。围绕课程内

▲赵朝峰正在做学生工作

容思考形成的《如何评价中国近代历史上的革命与改良》一文入选高校思想政治理论课教学重点难点问题解答，并获取教育部人文社会科学研究专项任务项目资助。他编写了《中国梦专题教育教学案例》《中国近代史纲要教案》等教学书籍，撰写了《用真实的历史提高“纲要”课的品质》《关于〈中国近现代史纲要〉教材的几点思考》等教学改革文章。

与此相关，赵朝峰老师主持了2项国家社科基金项目、2项教育部人文社会科学研究专项任务项目、2项北京市的研究项目，并参与了教育部哲社研究重大课题攻关项目、“中国共产党认识和解决民生问题的历史经验研究”的研究、中央实施马克思主义理论研究和建设工程“加强党的执政能力建设研究”项目和2008年教育部重大委托课题研究“历史新起点——改革开放30周年高校哲学社会科学研究”等项目的研究。他在《党的文献》《中共中央党校学报》《中国行政管理》《新视野》《当代中国史研究》《当代世界与社会主义》《中共党史研究》等学术期刊发表研究论文40余篇，独著和参编著作15部，研究成果被《高等学校文科学报文摘》、中国人民大学复印报刊资料、《党建研究参考资料》等摘录、转载。参与撰写的“加强党的执政能力建设丛书”荣获新闻出版署“三个一百”原创出版工程奖，参与撰写的中国共产党全国代表大会史丛书是新闻出版总署迎接十七大重点图书。《中国当代社会史》（1992—2008）荣获北京市第十三届哲学社会科学优秀成果奖一等奖、教育部第七届高等学校科学研究优秀成果奖一等奖。

立足专业优势，注重话语转化，以分众化、对象化、互动化宣讲理论

赵朝峰老师重视利用专业特长，发挥学者的社会担当，积极宣讲党的

▲赵朝峰和学生们

十九大精神。同时，推进党的理论的科普传播，致力于话语转化，编写通俗文本。在党员团员的日常学习教育活动中、在党的创新理论的专项教育活动中，赵朝峰老师被北京市教工委、北京市讲师团、北京市总工会、北京师范大学等单位受聘为专家宣讲团成员，足迹遍及校内外的企事业单位、军队、机关和群团组织。在宣讲过程中，他突出分众化、对象化、互动化，深受受众欢迎；他还积极参加北京师范大学“中国好老师“公益行动计划，先后在陕北吴起县、四川广安、黑龙江哈尔滨等地进行支教和十九大精神宣讲活动。为进一步推进马克思主义大众化，他编写了《共产党员的信仰》《青少年读党史》《雷锋精神在当代》等理论普及读物，以通俗的语言解读党史，普及党的基础知识。

作为马克思主义学院党委副书记，赵朝峰老师重视一二课堂结合，关注学生成才发展，协同共促学生思想政治教育。他以强烈的政治责任感，立足于马克思主义学院的专业特点，于2010年组织成立了以研究生为主体的马克思主义学院宣讲团，在宣讲主题、运行模式、导师队伍方面推进一二课堂有机结合、协同育人。宣讲团走进社区、中小学、兄弟院校，传播党的理论，年均宣讲50多场，得到社会的广泛好评，受到北京市教工委、团市委的表扬和《中国教育报》《北京师范大学校报》的追踪报道。

赵朝峰老师为党员干部的授课被评为北京市优秀党课，他被选为北京市宣传文化系统“四个一批”人才、北京市优秀德育工作者以及北京市优秀科普专家。因日常思政教育工作开展有效，他获评北京市社会实践优秀指导教师、北师大优秀共产党员、学生工作先进个人等荣誉称号。

扫描二维码浏览原文

致敬大国良师！来和50万人一起看“四有好老师”奖励计划颁奖典礼

推送时间：2018年9月8日

9月8日，“四有好老师”奖励计划颁奖典礼在北京师范大学隆重举行，表彰获评“四有好老师”启功教师奖的10位优秀教师和获评“四有好老师”公益行动奖的10个优秀团队。

教育部副部长朱之文，“四有好老师”奖励计划评审委员会主任、北京师范大学资深教授顾明远，国家教育咨询委员会委员陶西平，教育部相关司局、北京市委教育工委以及来自宁夏、甘肃、青海等省市教育主管部门的领导，北京师范大学党委书记程建平，北京师范大学校长董奇，中国教育学会会长钟秉林，光明日报社副总编辑李春林等主办方领导出席大会。奖励计划捐资方代表、评审专家代表，著名学者、文化名人、新闻媒体和社会公益组织代表、北京师范大学师生、校友代表等1600余人参加大会。颁奖典礼由著名主持人敬一丹、赵普主持。

不忘初心、筑梦一流，育人兴邦肩任重

朱之文代表教育部向各位获奖教师和团队表示热烈祝贺。他指出，北京师范大学联合光明日报社、中国教育学会共同设立“四有好老师”奖励计划，积极探索高校、媒体和社会力量共同参与教师队伍建设的新模式，

体现了强烈的教育责任感和使命担当，营造了全社会共同关心支持教师队伍建设的良好氛围，已在加强教师队伍价值引领、激励广大教师终身从教等方面产生了积极影响。他希望以北京师范大学为代表的全国师范院校，深入落实党的十九大精神，以习近平新时代中国特色社会主义思想为指导，牢牢把握社会主义办学方向，坚持立德树人，贴近基层、贴近实践，扎实推进教师教育改革创新，大力提升教师培养质量，促进全国教师专业水平提升，着力培养更多“四有”好老师，为发展更高质量更加公平的教育提供强有力的师资保障和人才支撑。

▲ 教育部副部长朱之文

程建平表示，实施“四有好老师”奖励计划，是北京师范大学深入学习贯彻落实习近平总书记重要讲话精神的重要举措，希望通过活动寻找大国良师、致敬大国良师、培育大国良师。进入新时代，北师大始终坚守“为民族复兴办教育、为国家富强育英才”的初心，致力于建设“综合性、研究型、教师教育领先的中国特色世界一流大学”，为打造中国教师教育的“珠穆朗玛峰”，打造中国基础教育的“黄埔军校”，打造引领未来教育变革的“四有”好老师队伍而不懈奋斗。

▲ 北京师范大学党委书记程建平

德高为师、身正为范，三尺讲台树蕙兰

十位长期坚守在基础教育教学第一线，从教30年以上并做出突出贡献的优秀教师，获评“四有好老师”启功教师奖。他们是：湖南省岳阳市岳阳县张谷英镇朱公小学教师黄亚飞，陕西省汉中市勉县新铺镇板庙教学点

教师唐自银，河北省承德市围场县棋盘山学区中心学校莫里莫幼儿园教师李广，云南省文山州广南县莲城镇北宁中心学校（落松地小学）教师农加贵，甘肃省平凉市崆峒区柳湖镇纸坊沟小学教师张惠霞，青海省玉树藏族自治州称多县歇武镇中心寄宿制学校教师王宏，重庆市彭水县龙溪乡水田村小学教师张宗茂，北京市房山区北京师范大学良乡附属中学教师王建，江西省赣州市南康区横寨乡寨坑村红卫教学点教师罗光祥，广西壮族自治区贺州市昭平县五将镇天保村小学教师周凤兰。十位良师，他们以师爱温暖人、以师心培育人、以师道启迪人，是“四有”好老师的模范践行者。

▲ 颁奖典礼现场

大国良师、辐射引领，一片丹心寄杏坛

▲ 颁奖典礼现场

十支参加“中国好老师”公益行动计划，主动开展各项育人研究与实践，引领促进基础教育优质均衡发展的优秀团队，获评“四有好老师”公益行动奖。它们是：全国区域推进指导专家团队，黑龙江省哈尔滨市公益行动指导专家团队，浙江省杭州市公益行动指导专家团队，北京市海淀区教科院公益行动指导专家团队，北师大合作办学附校厦门—石家庄—乌海—南湖—良乡共同体团队，云南省昆明高新一小、玉溪第一小学、文山州实验小学共同体团队，北京师范大学实验小学团队，福建省厦门市群惠小学团队，新疆生产建设兵团华山中学团队，四川省凉山州西昌市第二小学团队。十支团队，他们广泛建设育人共同体，以星火燎原的力量将先进的教育理念播撒到祖国更广阔的土地。

见贤思齐、师道传承，薪火相传志恢弘

“身如火炬，象征光明与指引，寓意理想信念；顶镶枝叶，象征奉献与希望，寓意道德情操；底衬木铎，象征人文与教育，寓意扎实学识；杯形

▲ 北京师范大学校长董奇、中国教育学会会长钟秉林、光明日报社副总编辑李春林为奖杯揭幕

圆厚，象征关爱与包容，寓意仁爱之心”，伴随着饱含深情的释义，奖杯“木铎之光”揭幕。无论是奖杯设计还是典礼节目，全部为北京师范大学师生的原创作品。取材于真实教师故事的原创歌舞《我从西部来》《乡村女教师》、开场舞《我有个梦想》、主题曲《四有好老师》、获奖团队集体朗诵《大国良师》……无不诠释着北师大人对“四有”好老师精神独特而深刻的理解。

对参与“四有好老师”奖励计划评选全过程的北师大师生而言，从前期的调研寻访到广泛的事迹宣传，从台前的精彩表演到幕后的志愿服务，这是一次生动的社会实践，更是一次难忘的精神洗礼。相信每个人的心里，都深深埋下了“大国良师”的种子，都将以今天的获奖者为榜样，努力做中华民族梦之队的筑梦人。未来，北师大愿携手各方力量，充分发挥示范引领作用，共同打造政治素质过硬、业务能力精湛、育人水平高超的高素质教师队伍，为实现教育强国梦，为实现中华民族伟大复兴的中国梦做出新的更大贡献。

“四有好老师”奖励计划简介

2014年第30个教师节前夕，习近平总书记考察北京师范大学时发表重要讲话，勉励广大师生做有理想信念、有道德情操、有扎实学识、有仁爱之心的“四有”好老师。2014年年底，北师大发起“中国好老师”公益行动计划，通过建设学校共同体和网络平台，服务广大教师和学校。2015年，北师大联合光明日报社评选“启功教师奖”，重奖终身从教的优秀乡村教师，获奖人受到李克强总理的亲切接见。2018年，北师大在整合已有工作和优势资源的基础上，联合光明日报社、中国教育学会，共同设立“四有好老师”奖励计划，包括面向个人的启功教师奖和面向团队的公益行动奖两个奖项，以表彰为国家基础教育事业做出突出贡献的优秀教师和优秀团队，引领培育广大教师争做党和人民满意的“四有”好老师。

“四有好老师”奖励计划坚持精神奖励与物质奖励相结合的原则。“四有好老师”启功教师奖每次评选不超过10名优秀教师，奖励获奖者一次性给予奖金50万元（税前）。“四有好老师”公益行动奖每次评选不超过10支优秀团队，奖励获奖团队20万元（税前），北京师范大学将遴选团队部分优秀个人参加教师提升的培训式深造项目。

▲ “四有好老师”启功教师奖获得者——黄亚飞

火，虽残损了血肉之躯，却淬炼了把握命运的刚强坚毅。

一笔一画，四十三年光阴磨砺信念之笔，灯下挥毫锦绣文章。

一字一句，教育家情怀镌刻师者之心，台上引领三千学子在理想中飞翔！

大写的先生，把“四有”好老师的志向，书写在大地上。

▲ “四有好老师”启功教师奖获得者——唐自银

人在远山，灵魂的工程师，衔泥筑巢，用师爱雕铸立志成才的殿堂。

心在呼唤，每一次牵手，都是根对绿叶的浓浓情谊。

他全心守护的，是一所学校，更是无数孩子的梦想与未来。

▲ “四有好老师”启功教师奖获得者——李广

乡村教育的守护者，把“四有”好老师的大爱，融汇在教育的信仰里。

那人、那山、那座园，他是塞罕坝上一园丁。

四十一载立德育才，造福山村三代人。

一颗恒心永流传，他勤耕不辍，换来桃李芬芳笑语盈盈。

一双巧手创意多，他变废为宝，成就“玩具大王”扬美名。“返老还童”孩子王，把“四有”好老师的欢乐，播撒在童心。

▲ “四有好老师”启功教师奖获得者——农加贵

是他，用文明之光驱散了恐惧与偏见；

是他，创造了落松地诗意美好的新生活。

他教书育人，是孩子们走向光明的引路人；

他帮扶乡邻，是村民们亲如家人的大先生。

落松地的勇敢之心，把“四有”好老师的担当，根植于泥土里。

▲ “四有好老师”启功教师奖获得者——张惠霞

西北偏北，她是行者，踏遍青山，丈量黄土大原处处课堂。

崆峒大山，她做暖阳，师心育人，生活的甘苦调成指引成长的良方。

她不是大漠孤烟里的匆匆过客，她是陪伴学子温暖归家的一抹霞光。

大山的女儿，把“四有”好老师的坚守，映衬在长河落日中。

▲ “四有好老师”启功教师奖获得者——王宏

脚下，是六公分的崎岖不平。心中，是四千二百米的壮志凌云。

山高人为峰，学高人为师！

▲ “四有好老师”启功教师奖获得者——张宗茂

三十年弦歌不辍，他的臂膀，护卫着一代代草原雏鹰，

在高原起飞，在雪域翱翔。

六公分的起跑线，把“四有”好老师的奋进，穿越雪域高原的天际！

大山，高寒，孩子们面前，是一片知识的荒田。

他拓荒校园，寒暑不易，年复一年，励耘乐育在深山。

虽然半生筚路，一身蓝缕，但是不辞辛劳，咬定青山，只为薪尽师道永相传。

守望一生，把“四有”好老师的诺言，铭记在心间！

▲ “四有好老师”启功教师奖获得者——王建

他教学生，心怀天下，热爱家乡，满腔赤子情怀。

▲ “四有好老师”启功教师奖
获得者——罗光祥

他做研究，大地为书，宇宙经纬，丈量乾坤世界。

他带团队，志存高远，薪火相传，倾情相授培育新人。

纵然前头病树，仍然心系讲台，情牵学生，万木逢春。

为山河立传，把“四有”好老师的品格，立在天地间。

▲ “四有好老师”启功教师奖
获得者——周凤兰

理想如星辰，照亮童真的梦想；信念如火种，传承奉献的光焰。

为了每个孩子能够享受教育的公平，这条崎岖漫长的上学路，他痴心守候四十三年，不畏骄阳暴晒，不避大雨倾盆。

护航梦想，把“四有”好老师的使命，化作前行的风帆。

她，似一泓生命的清泉，以母爱为舟，载过多少天真稚童，荡开师爱的双桨。

她，如一炷暖心的红烛，微光闪耀无数长夜星空，呵护幼苗的成长。

她是老师，更是孩子们的“老师妈妈”！

爱如清泉，把“四有”好老师的深情，滋养在心田。

▲“四有好老师”公益行动获奖团队（10个）

一心赤诚，他们五湖四海，点亮城乡教室无数间；

一股干劲，他们深入基层，夯实基础教育最前线；

一身担当，他们持续引领，创新提升教师软实力。

这是老师对老师的培育，他们将理想信念、扎实学识无私相授。

这是园丁对园丁的情谊，他们将道德情操、仁爱之心倾情传达。

他们，凝聚公益的大爱，汇合团队的力量，为建设教育强国、民族复兴的中国梦保驾护航！

扫描二维码浏览原文

顾明远先生获评“四有”好老师终身成就奖！100万元奖金全部捐赠培养青年教师！

推送时间：2018年9月9日

9月9日下午，北京师范大学隆重举行庆祝第34个教师节暨建校116周年表彰大会，大会的主题为“弘扬高尚师德，争做‘四有’好老师”。党委书记程建平，党委副书记、校长董奇，党委副书记、纪委书记孙红培，副校长郝芳华、张凯、周作宇、陈丽，党委副书记李晓兵，副校长王守军等学校领导出席大会。受表彰人员代表，学校中层干部，各学部院系师生代表等300余人参加了大会。会议由董奇主持。

大会上，首先由校领导宣读获奖名单，随后对获得首届“四有”好老师终身成就奖、首届“四有”好老师金质奖章荣誉称号、第十四届北京师范大学教学名师奖、第十届北京师范大学最受本科生欢迎的“十佳”教师奖、2017年通鼎青年教师奖等奖项的获奖教师，以及年满30年教龄的教职工进行了表彰。

▲首届“四有”好老师终身成就奖获奖者 顾明远先生

为深入贯彻落实习近平总书记“四有”好老师重要讲话精神，树立尊师重教的标杆，大力表彰在教育教学领域做出突出成就的教师，北京师范大学今年设立并评选出了首届“四有”好老师终身成就奖和金质奖章荣誉称号。“四有”好老师终身成就奖奖励的是立德树人业绩卓著、长期投身教育教学一线工作、教龄30年以上、教育教学水平在校内外拥有极高声誉、在教育教学改革领域取得重大成果的全职在岗教师。

经过严格评审，北京师范大学资深教授顾明远先生当选首届“四有”好老师终身成就奖，获得奖金100万元。“四有”好老师金质奖章荣誉称号主要奖励师德高尚、爱岗敬业、关爱学生、教风端正、教书育人、为人师表的全职在岗专任教师。教育学部王雁教授、外国语言文学学院王蔷教授、物理学系包景东教授、环境学院刘静玲教授、地理科学学部刘慧平教授、统计学院李勇教授、经济与工商管理学院李翀教授、哲学学院李景林教授、生命科学学院张大勇教授、教育学部张斌贤教授、化学学院欧阳津教授、地理科学学部周尚意教授、经济与工商管理学院赵春明教授、数学科学学院保继光教授、体育与运动学

▲首届“四有”好老师金质奖章荣誉称号获奖者代表

▲第十四届北师大教学名师奖、第十届北师大最受本科生欢迎的“十佳”教师奖获奖者代表

▲ 2017 年通鼎青年教师奖（本科生教学奖、研究生教学奖）获奖者代表

▲年满 30 年教龄的教职工代表

院殷恒婵教授、文学院郭英德教授共16人获评首届“四有”好老师金质奖章荣誉称号，每人获得奖金10万元。

大会上，程建平向全校教师致以节日问候，并提出三点希望与各位老师共勉。他希望老师们：一是坚持立德树人，做“四有”好老师精神的弘扬者和践行者，倾心传授学生“谋事之才”与“立世之德”，成为专业扎实、学识渊博的“学问之师”和品格高尚、引领方向的“人生之师”；二是坚持追求卓越，做创新驱动发展的开拓者和领跑者，紧跟时代步伐，瞄准前沿、勇攀高峰，不断增强创新自觉，提升创新能力，勇做新时代创新的排头兵；三是坚持凝心聚力，做中国特色世界一流大学的建设者和推动者，树立一流意识，以“功成不必在我”的境界和胸怀，担当起“双一流”建设的使命和责任。

在大会交流环节，首届“四有”好老师终身成就奖获得者、资深教授顾明远先生，第八届中国经济理论创新奖获得者、经济与工商管理学院李实教授，2015级公费师范生、化学学院苏雨禾同学先后发言，分享了自己的从教心得和求学感受。

▲顾明远先生发言

顾明远先生对学校将“四有”好老师终身成就奖这一荣誉授予自己表示感谢，谦称自己“就是一名普通的老师，完成了一个老师应该做的工作”。他回顾了自己从一名小学教师成长为一名大学教师，并积极参与教育改革实践的人生经历，“是党和北师大把我培养成了一名人民教师，是北师大为我的成长提供了优越的平台”。他向学校领导和同事们对自己的指导、帮助和支持表示感谢，还特别向自己的学生们表达了谢意，他说是学生们“促使我不断学习，不敢懈怠，是他们给予我生命的价值和快乐”。

顾明远先生指出，改革开放四十年来，我国教育事业取得了举世瞩目的成就，但仍有许多实际问题和理论问题需要解决，推进教育公平、提高教育质量仍然是今后教育工作的重点。北京师范大学肩负着培养高素质教师队伍的重任，未来任重而道远。他诚恳地表示，“我愿意在我有生之年，和年轻的学者们一起，不忘初心，继续努力，继续学习，努力工作，为我国高等教育事业，为我校一流大学、一流学科建设，贡献微薄力量”！

▲李实教授发言

李实教授团队坚持30年对中国收入分配和贫困问题的研究，得到了国内外经济学界的广泛认可和好评。李实教授将自己在经济学研究中所取得的成绩归功于所处的改革开放的时代。他表示，学术研究没有捷径可走，一定要扎扎实实，埋头苦干，用心专情，任劳任怨地干。“我们这代人应该为中国经济学的进步做出贡献”，他说，“我会更加珍惜这个荣誉，以此来鞭策自己更加努力地工作，做一个好老师”。

▲苏雨禾同学发言

心怀教师梦的苏雨禾来自内蒙古，不仅专业课成绩优秀，还在老师的鼓励下，努力尝试做科研，“很多人认为师范生没有必要做科研，但我认为作为北师大培养出来的师范生，我们的目标是要做教育家，对学识的要求要更高”。苏雨禾主持申请的市级本科生科研基金项目，被评为校级优秀，成果成功申请了国家专利。“今后走上教师岗位，我不仅要坚持做科研，还要带头将科研的思路应用到教学中，启发学生，助力学习。”她向学校和老师们表达了感激和祝福，表示未来将在教育的道路上砥砺前行，用爱和学识去培育更多的学生。

会议最后，顾明远先生表示，将会把100万元奖金全部捐赠给北京师范大学教育基金会，用于对年轻教师的培养。全场师生为顾明远先生这一大爱之举报以热烈的掌声。

扫描二维码浏览原文

新时代 @ 教育 | 师德榜样、教学名师……厉害了我的老师！

推送时间：2018年9月21日

近日，由北京市教工委、市教委、市教育工会联合评选的2018年北京市师德榜样（先锋），由北京市教委评选的第十四届北京市高等学校教学名师奖和第二届北京市高等学校青年教学名师奖，评选结果陆续公布，我校共10位教师入选。

北京市师德榜样（先锋）

▲师德榜样（先锋）荣誉称号获得者

我校资深教授、历史学院瞿林东先生获评2018年北京市师德榜样荣誉称号，文学院郭英德教授、生命科学学院刘全儒教授、经济与工商管理学院赵春明教授和教育学部郑新蓉教授获得2018年北京市师德先锋荣誉称号。

北京市教学名师

▲教学名师

我校物理学系张萍教授、统计学院张淑梅教授、化学学院邢国文教授、体育与运动学院李笋南教授获评第十四届北京市高等学校教学名师奖，物理学系梁颖教授获评第二届北京市高等学校青年教学名师奖。

师者，传道授业解惑也。做老师，就要执着于教书育人，以德立身、以德立学、以德施教。让我们时刻铭记，“学为人师，行为世范”的校训，在心中埋下“大国良师”的种子，争做党和人民满意的“四有”好老师，引领未来教育变革的“大先生”和“教育家”。

扫描二维码浏览原文

北京师范大学“一带一路”学院成立！全方位助力共建“一带一路”走深走实！

推送时间：2018年9月26日

9月26日，北京师范大学举行学习习近平总书记在推进“一带一路”建设工作五周年座谈会上的重要讲话精神研讨会暨“一带一路”学院成立大会。

▲“一带一路”学院揭牌仪式

司法部党组成员甘藏春、财政部综合司司长曾晓安、商务部综合司巡视员宋立洪、中宣部国际传播局副局长管萍等出席大会并致辞。全国政协经济委员会副主任、北京大学教授林毅夫，诺贝尔文学奖获得者、北京师范大学教授莫言出席大会并发表主旨演讲。

北京师范大学党委书记程建平代表学校致辞。程建平指出，“一带一路”重大倡议提出五年来，赢得了国际社会的高度评价和热烈欢迎。北京师范大学积极响应和参与“一带一路”建设，按照“充分发挥教育在‘一带一路’中的基础性、先导性、引领性作用”的总体要求，发挥自身优势和特色，取得了较为丰硕的成果。一是作为中国高等师范教育的排头兵，通过留学生教育和承担“发展中国家硕士项目”等，大力培养“一带一路”沿线国家优秀人才；二是依托学校人文学科雄厚的科研实力，整理出版了“一带一路”古文明书系等一批优秀研究成果，主持了泰国、罗马尼亚等7个“一带一路”沿线国家的汉语教学大纲制订、教材编写等工作；三是建设高端智库，开发“一带一路”国家教育发展研究数据库，开展政策咨询，为“一带一路”建设提供智力支持；四是打造多个“一带一路”人文交流品牌，通过主办“看中国·外国青年影像计划”和“汉字之美”全球青年设计大赛等，讲好中国故事，助力中华优秀文化“走出去”。

程建平表示，北京师范大学深入贯彻落实习近平总书记在推进“一带一路”建设工作五周年座谈会上的重要讲话精神，决定成立“一带一路”学院，旨在更加深入地参与到共建“一带一路”的伟大事业中，为“一带一路”建设做出北师大新的独特贡献。

▲林毅夫教授做主旨演讲

▲莫言教授做主旨演讲

北京师范大学“一带一路”学院作为一个综合性、实体建制的教学科研机构，充分依托学校教育、文史哲、经管法、艺术、地理、生态等优势学科力量，通过创新体制机制，着力打造服务“一带一路”建设向高质量发展的开放式、多学科支撑平台。“一带一路”学院将紧紧围绕国家重大战略需求，立足高标准，采用新机制，对标国际化，在人才培养、科学研究、社会服务、文化传承创新和国际交流与合作等方面开展进一步的研究和探索，力争培养一批知华友华的人才，产出一批标志性的重大成果，为中央和有关部门提供准确有效的决策咨询服务，打造一批人文交流品牌，为增进沿线各国人民的友谊和交流合作提供新的平台，推动民心相通，广开合作之门。

全国政协经济委员会副主任、北京大学教授林毅夫，诺贝尔文学奖获得者、北京师范大学教授莫言发表了主旨演讲。

会上，“一带一路”沿线国家的部分前政要和国际知名智库机构的代表发来了贺词和贺信。来自中宣部、国家发改委、财政部、商务部、司法部、中国人民对外友好协会、国家信息中心、中国国际经济交流中心、中国科学院、中国社会科学院、中拉合作基金、华晟基金等政界、学界、企事业单位的嘉宾和专家学者围绕习近平总书记在推进“一带一路”建设工作五周年座谈会上的重要讲话进行了交流研讨，并对北京师范大学“一带一路”学院的建设发展提出了意见建议。

扫描二维码浏览原文

终于等到你！北京师范大学昌平校园喜迎首批新生！

推送时间：2018年10月8日

国庆小长假归来的第一天，秋风飒飒
北师大昌平校园迎来了第一批博士新生！

嘀！发往昌平校园的首趟班车启程啦！

▲北京师范大学昌平校园

红色的氢气球

飘在晴朗蓝天下

这是昌平校园给你的第一份热情

木铎金声犹在耳畔

庄严的校训铭刻于心

走到哪里都忘不掉这一份谆谆教诲

▲校园和照片墙

踏入校门便可看到

由2018级博士生的照片和名字制成的喷绘墙

同学们纷纷在此驻足拍照

在照片的海洋中辨认着自己

迎新现场，青春面庞

10月8日，2018级860名博士新生注册报到，其中男生新生364人，占比42.33%；女生新生496人，占比57.67%。

▲新生报道现场

党委书记程建平、校长董奇等校领导来到迎新现场，看望博士新生，了解迎新情况，慰问参与迎新工作的师生员工。

在忙碌的迎新现场
各学部院系的老师和同学
身穿蓝色马甲的志愿者们
热情地向新生们介绍着校园情况
欢迎你们加入北师大大家庭

▲新生照片

丰富的迎新礼包
精彩的文艺节目
点燃了现场的气氛

镜头记录下一张张幸福的笑脸
这里是你们崭新的起点
愿你们在这里收获更好的自己
在这个秋高气爽的十月
北师大很高兴与你们相遇

昌平校园：崭新的生活环境

▲昌平校园图书馆

昌平校园 G 区分馆共两层

与总部图书通借通还

还书超级方便！

学生生活服务中心集超市、快递、洗衣于一体

食堂旁边贴心地安装着圈存机和 ATM 机

让你的生活舒适又便利

▲校园环境

▲北师大门口校徽

2018级的博士新生们
愿你们在北师大开启新的求学征程
乘风破浪，勇往直前

在崭新校园里度过的分分秒秒
必将载着你们的收获
成为你们最美的求学回忆！

扫描二维码浏览原文

三十年躬耕贫困研究！“中国收入分配先生”荣获全国脱贫攻坚奖创新奖！

推送时间：2018年10月22日

近日，2018年全国脱贫攻坚奖表彰大会暨先进事迹报告会在北京举行。会议传达学习了习近平总书记的重要指示和李克强总理的批示，并对99名获奖个人和40个获奖单位进行了表彰。中共中央政治局常委、全国政协主席汪洋会见了全国脱贫攻坚奖获得者，并向获奖集体和个人表示祝贺。我校李实教授荣获2018年全国脱贫攻坚奖创新奖。

全国脱贫攻坚奖评选表彰活动由国务院扶贫开发领导小组组织实施，包括奋进奖、贡献奖、奉献奖、创新奖四项个人奖项和组织创新奖一项团体奖项。其中创新奖从扶贫脱贫主体中产生，表彰在实施精准扶贫、精准脱贫方略中理论与实践创新的先进典型。

▲李实教授全国脱贫攻坚创新奖

李实，北京师范大学经济与工商管理学院教授，中国收入分配研究院执行院长，教育部“长江学者”特聘教授，京师学者特聘教授，收入分配与劳动力市场研究创新群体学术带头人，享受国务院政府津贴。正如颁奖辞所言，他“三十年磨一剑，躬耕贫困研究”。

走在贫困研究的学术前沿

李实教授是一位肯长期坐“冷板凳”的学者，坚持在一个领域做专做精。他从二十世纪八十年代开始研究中国的收入分配和贫困问题，在收入分配和贫困研究领域一做就是三十余载，躬耕不辍、持之以恒。

1992年，李实教授发表在中国顶级期刊《经济研究》上的论文《中国城镇贫困问题的经验研究》，奠定了他在贫困研究领域的学术地位。其后他坚持不懈地对贫困问题做出理论和实践研究，在《中国社会科学》、《经济研究》、《管理世界》以及《Journal of Development Economics》等国内外著名学术刊物发表学术论文一百多篇，并主编《经济转型的代价：中国

▲李实教授

城镇失业、贫困与收入差距的经验分析》《透视中国农村贫困》《Eliminating Poverty Through Development of China》等十余部中英文学术专著。李实教授因在收入分配和贫困领域的丰硕成果，曾获得孙冶方经济学奖三次（1994年、2010年、2017年）、中国社会科学院优秀成果奖三次（1996年、2000年、2002年）、国务院政府特殊津贴（1999年）、联合国人类发展奖（2007年）、全国扶贫开发先进个人（2011年）、张培刚发展经济学奖（2010年）、杜润生中国农村发展研究奖（2015年）以及第八届中国经济理论创新奖（2017年）。

李实教授在收入分配和贫困研究领域具有广阔的国际视野。他曾任日本一桥大学教授，十余次前往英国牛津大学、瑞典哥德堡大学等高校从事研究交流，还在世界银行、亚洲开发银行和联合国开发署等机构任职。他带领团队与牛津大学贫困与人类发展研究中心展开深入合作，结合"两不愁、三保障"，首次将中国贫困研究从一维的经济贫困扩展到多维贫困。经过李实教授及其团队的努力，中国的收入分配和贫困研究达到了国际先进水平。

创立贫困研究的高端智库

三十多年来，李实教授及其团队对中国贫困问题做了全面系统的研究，不断提出有建设性的政策建议，以学者力量形成高端智库，为国家反贫困事业贡献智慧。

2000年前后，李实教授受国务院扶贫办委托开展了新世纪第一个十年农村扶贫开发战略的政策研究；2009年承担国家扶贫领导小组办公室委托的第一个十年农村扶贫开发纲要的实施效果评估；2010年完成国务院扶贫办公室委托课题"新时期中国农村扶贫开发政策体系研究"；2011年完成国务院扶贫办公室委托课题"新阶段中国农村扶贫开发战略研究"；2013—2017年连续五年，承担并出色完成国务院扶贫开发领导小组"年度减贫形式分析"委托课题。相应研究成果多次获得国家领导批示。例如，《关于农村低保和建档立卡的瞄准性》被国务院扶贫开发领导小组专家咨询委员会内部报告采用，并得到时任国务院副总理汪洋"希望你们继续深入开展扶贫政策理论研究，为脱贫攻坚献计献策”的批示。

▲李实教授

近年来，李实教授预见性地判断，微观模拟方法将对政策研判起到越来越重要的作用。因此他早在2011年就开始筹备，并于2016年正式成立“北京师范大学政策模拟中心”。邀请国际微观模拟协会主席等顶尖专家共同构建中国贫困微观模拟模型，对未来的贫困状况做出模拟预测，出色完成了国务院扶贫开发领导小组专家咨询委员会的委托课题“2020年后扶贫标准及贫困人口规模”。该成果得到国务院扶贫办的认可，分三期发表于国务院扶贫开发领导小组专家咨询委员会《研究交流信息》。

李实教授意识到要根本解决贫困问题，必须解决贫困的代际传递问题。2017年年底，由中国发展研究基金会、北京师范大学联合发起的“人的发展经济学研究中心”在北京正式成立，李实教授任中心联席主任。该中心以反贫困和儿童早期发展为主题，旨在对人生命周期各发展阶段的营养健康、医疗卫生、劳动力市场表现等问题开展研究，以达到阻隔贫困的代际传递、促进贫困居民全面发展和社会公平可持续发展的目的。

踏实走向扶贫最后一公里

李实教授并不是一位象牙塔中的学者。李实教授曾经在江苏省铜山县插队，尽管时间不长，但却使他深刻感悟到真知来源于实践。因此，他深知单纯研读文献、数据不能够解决贫困问题，鉴于贫困问题的复杂性和特殊性，必须理论联系实际。

在从事贫困研究的三十余年中，李实教授先后走访过上百个贫困县，关注过贫困地区的集中养老问题、留守儿童和留守老人问题、基础教育和教育致贫问题、少数民族贫困问题、因病致贫问题、参与式扶贫问题等，并提出了很多具有真知灼见的观点和政策性建议。例如，李实教授2017年在甘肃和宁夏贫困县的调研，发现在城镇化进程中贫困地区空心化问题严重，留守老人的赡养问题亟待解决。在走访几家当地的养老院，深入了解其养老模式后，李实教授建议建设集中式养老院，解决分散式养老的问题。

为了了解互联网技术对于缓解贫困的作用，受中央网信办委托，2018年李实教授专程前往贵州调研大数据、互联网在贫困地区脱贫攻坚战中的作用。他带队深入武陵山区实地走访贫困村和贫困户，通过问卷及座谈等形式了解贫困地区现状与互联网的发展情况，为推进互联网助力精准扶贫、精准脱贫献言献策。

为贫困研究输送年轻力量

李实教授深知贫困研究的长期性。2005年，刚调入北师大的李实教授就着手打造一支以中青年生力军为主要力量的贫困研究团队。对团队中的青年教师，李实不遗余力，大力提携。作为加拿大国际开发研究基金会（IDRC）资助的“中国青年学者贫困研究网络”项目中方协调人，他积极为从事收入分配研究的青年学者寻找科研经费，为大家搭建良好的互助交流、互相学习的平台。

除了中青年生力军，李实教授也鼓励他的研究生加入到科研团队，从事贫困研究。由于贫困问题本身的长期性和持久性，他要求团队成员在贫困领域坚持研究，持续积累，研究热情不能随着我国2020年脱贫攻坚战的全面胜利而减退。他同时强调结合理论观察不同发展时期的贫困特征，在贫困研究中有所建树，为减贫事业做出贡献。李实教授因对青年学者的激励和学生的培养，于2013年获评“北京市优秀教师”称号。

扫描二维码浏览原文

高原科学与可持续发展研究院成立！北师大联手青海省打造高原研究珠穆朗玛峰！

推送时间：2018年10月27日

10月26日，“青海省人民政府－北京师范大学高原科学与可持续发展研究院”成立大会在北京师范大学举行。

▲大会现场

十一届全国政协副主席陈宗兴，十二届全国政协副主席马培华，原中国科协副主席、原甘肃省副省长刘恕，青海省副省长王黎明，北京师范大学党委书记程建平，山东大学党委书记郭新立，兰州大学校长严纯华，教育部科技司司长雷朝滋，青海省教育厅厅长韩英，青海省科技厅厅长莫重明，青海大学校长王光谦，青海民族大学校长索端智，青海师范大学党委书记张雄伟，青海师范大学校长史培军，青海师范大学副校长赵海兴，陕西师范大学副校长杨祖培，北京师范大学党委副书记李晓兵等领导嘉宾、两院院士及专家学者出席会议。北京师范大学副校长郝芳华主持大会。

▲马培华、王黎明、程建平、雷朝滋为研究院揭牌。

北京师范大学党委书记程建平指出，“青海省人民政府－北京师范大学高原科学与可持续发展研究院”的成立，是贯彻落实全国教育大会精神和国家“教育援青”战略的重要举措，是省校战略合作协议的重要内容。北京师范大学作为中国教师教育的排头兵，希望充分发挥自身优势特色，以研究院建设为抓手，以对口支援帮扶为纽带，在教育援青工作中做出独特贡献。未来，研究院将紧扣青海经济社会发展和高原科学研究前沿的需要，汇聚国内外众多科研力量，结合高原特色，在教育、历史文化、资源与环境、生物资源、健康和防灾减灾等领域重点突破，打造一个全新体制的新型智库、学术平台和人才高地。

▲程建平

▲王黎明

青海省副省长王黎明表示，青海省将全力支持“青海省人民政府－北京师范大学高原科学与可持续发展研究院”的建设，推进省校合作，实现生态强省。他希望研究院充分发挥人才智力的支撑作用，以体现中国特色为目标、以突出政校合作优势为核心、以创新发展理念和组织管理方式为动力、以服务决策为导向，紧紧围绕青海、青藏高原以及国家和全球生态环境的资源变化，教育科技事业和经济社会发展中遇到的重大理论现实问题，形成具有针对性、操作性的研究成果，成为政府决策的思想高地和科技参考，把研究院打造成在青海省、西部地区乃全国具有影响力的智库品牌、人才高地和学术交流沃土。

▲雷朝滋

教育部科技司司长雷朝滋对研究院的发展提出了三点期望。一是求实，凝练目标、锻造品牌。坚持党的领导，秉持科学精神，大胆实践探索，着力把研究院打造成党和政府信得过、用得上的新型智库和研究机构。二是求同，取长补短、协同共建。积极构建良好的科研学术生态体系，切实做到主动服务、密切配合、优势互补，有机融合并充分发挥高校的学术研究优势和政府的政策实践优势，实现省校共建成效的最大化。三是求新，创新范式、深化研究。不仅要出科研成果，更要出思想、谋战略，特别是在一些前沿应用问题和重要理论问题的研究上要取得突破，切实提升服务国家战略的能力。

▲史培军

青海师范大学校长、研究院院长史培军从指导思想、依据与目标、主要领域、管理体制四个方面介绍了研究院的建设愿景。

▲陈发虎

中科院青藏高原所所长陈发虎院士介绍了国家第二次青藏高原科考的相关情况。

▲大会代表合影

背景链接

为贯彻落实中央“教育援青”战略决策，充分发挥北京师范大学人才和科技优势，推进青海教育优先发展，在教育部的领导下，青海省人民政府和北京师范大学本着“优势互补、资源共享、协同发展、互惠双赢”的原则，在队伍建设、人才培养、学科建设、科研合作和社会服务等方面达成战略合作框架协议，明确依托青海师范大学，由青海省人民政府和北京师范大学共建高原科学与可持续发展研究院，双方共同在教育、水资源、生态、地理、环境等领域开展科研合作。

研究院定位

研究院将围绕高原生态环境保护、人与自然和谐共生、区域可持续发展等领域的前沿和重大理论与实践问题，着眼国际科技前沿，创新体制机制，集聚国内外一流人才，通过合作共建、优势互补，开展协同创新，把研究院建设成为高原科学的学术高地、人才培养基地、政策咨询服务基地及共建合作的体制机制改革示范基地。

六大研究领域

1. 高原教育领域。开展高原环境下的脑认知研究，着力研究高原环境下的脑认知规律，为高原地区人的智力开发、基础教育和高等教育教学方法及模式的改进提供科学依据。开展高原地区双语教育的研究工作，着力研究从学前到中小学教育教学相衔接、师资与教学资源相配套、教学模式与学生学习能力相适应的双语教学体系，切实提高我国高原地区的双语教育质量，促进民族团结进步。

2. 高原历史文化领域。充分挖掘高原地区的特色文化资源，积极融入“一带一路”倡议，推进高原历史、文学、艺术等特色文化资源的开发利用，促进城乡、区域文化协调发展，全力打造特色文化品牌，着力提升高原文化的影响力和美誉度。

3. 高原资源与环境领域。紧紧围绕国家保护高原生态环境的基本政策，就高原资源的开发利用、生态环境的演变与动态等涉及高原地球系统科学、全球变化等多个方面的问题进行针对性研究，为高原民族地区和国家经济社会发展与生态环境保护提供强有力的科技保障。

4. 高原生物资源领域。开展高原极端环境下生物生长与发育的基础与应用研究，研究解决动植物和微生物等高原生物学发展动态中产生的新的科学问题和关键技术，推动发展高原新型现代化农业、林业和草业，满足高原生态安全和区域可持续发展的重大需求，保障高原生态和食物安全，推动区域和国家社会经济可持续发展。

5. 高原健康领域。着重研究高原地区缺氧、寒冷、干燥、紫外线辐射强等极端气候环境对人体的损伤、危害机制及其防治，为改善高原地区医疗保障条件，促进民生改善，提供可靠的科技支撑。

6. 高原防灾减灾领域。有效发挥研究院人才优势，健全高原地区防灾减灾法律法规，协助地方政府应用现代科学技术手段，建立快捷、精准的灾情预警和评估体系，及时为灾害地区提出预防各类灾害的方案和应急响应技术，为地方政府决策提供依据，推动建设高原地区运转高效、保障有力的防灾减灾工作机制。

扫描二维码浏览原文

首批！北师大入选教育部中华优秀传统文化传承基地！

推送时间：2018年11月20日

日前，教育部公示了第一批中华优秀传统文化传承基地认定结果，北京师范大学的中国话剧传承项目入选。

戏剧是关乎芸芸众生的文化行为，是表达人生情怀的舞台艺术。北京师范大学有百余年的戏剧艺术传统。中国话剧传承项目传承“学演戏，学做人”的戏剧精神，把中华优秀传统文化融入原创戏剧，用戏剧开启艺术与美育的大门。

建设成果

1. 构建通识课、专业课、慕课“三位一体”话剧美育课程体系

面向全校开设的通识课“创意写作”、专业课“戏剧史与经典作品解读”，选课学生近400人，培养非戏剧影视文学专业学生的创意写作能力，培养后续剧作人才。面向全国大学生的素质教育慕课“戏剧鉴赏”，高等教育出版社音像部正在制作过程中，计划于2018年年底或2019年年初上线。

2. 发挥北国剧社示范引领作用，推动话剧艺术实践与传承创新

北国剧社在基地的扶持下，2016、2017、2018年活跃在校园话剧艺术的

前沿，并推出《安道尔》《天鹅之歌》《钦差大臣》《暗恋桃花源》《仲夏夜之梦》《老妇还乡》等重点剧目，获得了观众以及专家学者们的广泛好评。

3. 话剧工作坊营造学习体验话剧艺术的良好氛围，推出了影响深远的经典剧目

基地举办的话剧工作坊，推出了一系列话剧原创作品和经典重排作品。其中，尤以三部话剧原创作品为最佳——《新茶馆》《护国胡同》《兰若寺》。三部作品珠联璧合，从不同的角度，起到了传承中国传统文化、激活中国话剧经典的功效，并达成了与其他高校或与业界知名戏剧公司的精诚合作，探索出有效、成功的合作模式与路径。

4. 普及推广话剧文化，召开国际学术研讨会，加强中小学话剧师资培训，辐射带动中小学基础话剧教育发展

基地的工作目前已经由北师大辐射到全国部分开设话剧课程的中小学校。基地以提供话剧类短期培训课程、举行话剧工作坊、进行话剧展演、举办校园戏剧节、举办剧本大赛、召开国际学术研讨会等灵活多样的方式，致力于话剧文化的普及推广与中小学话剧师资的培训。

原创作品

《兰若寺》：传承中国传统文学经典

▲《兰若寺》宣传海报

《新茶馆》：传承中国话剧经典

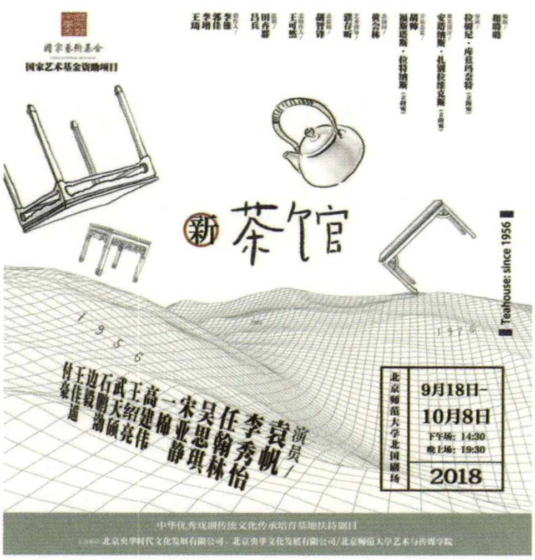

▲《新茶馆》宣传海报

《护国胡同》：传承京味儿文化

▲《护国胡同》宣传海报

《月潮》：探讨女性话题

▲《月潮》剧照

未来，基地将在课程建设、社团建设、工作坊建设、科学研究、辐射带动、展示交流等方面开展更多工作，以话剧艺术为抓手，推动中华优秀文化的传承与发展。

扫描二维码浏览原文

北师大2位校友入选！党中央拟表彰100名改革开放杰出贡献对象！

推送时间：2018年11月27日

为庆祝改革开放40周年，党中央决定表彰一批为改革开放做出杰出贡献的个人。11月26日，中央庆祝改革开放40周年表彰工作领导小组办公室公示了这份重磅名单。北京师范大学校友杜润生、郎平入选！

杜润生，男，汉族，中共党员，1913年7月出生，2015年10月去世，山西太谷人，原中央农村政策研究室主任，原国务院农村发展研究中心主任。他长期从事我国农村改革与发展战略研究，重视调查研究，善于把群众实践经验上升到学术理论的高度。主持了20世纪80年代5个中央“1号文件”的起草，对农村改革起到了强有力的推动作用。在实行家庭联产承包责任制、废除人民公社体制、改革农产品流通体制、调整农业产业结构、发展多种经营和乡镇企业、推行基层民主政治建设、鼓励农民进城务工经商、维护农民的物质利益和合法权益等一系列重大问题上积极探索，从理论到实践层面都做出了重要贡献。

郎平，女，汉族，群众，1960年12月出生，天津武清人，中国女排主教练、中国排球协会副主席。郎平作为20世纪80年代中国女排主力队员，和其他队员一起实现了“五连冠”，塑造了顽强战斗、勇敢拼搏的“女排精神”，激励了各行各业人们为中华民族腾飞不懈奋斗。20世纪90年代以后，她两次在中国女排最困难时期，主动担任主教练，传承“女排精神”，大胆改革创新，大刀阔斧起用新人，搭建复合型教练团队，把中国女排重新带上巅峰，获得了奥运会、世锦赛等多项世界大赛冠军。“女排精神”已成为中国体育的一面旗帜，振奋了民族精神，激励和影响着一代又一代人投身改革开放和中国特色社会主义伟大事业。她还荣获了“全国三八红旗手”“北京市劳动模范”等称号。

扫描二维码浏览原文

谁是中国教育“最强大脑”？北师大三家智库入选CTTI高校智库百强榜！

>>> 推送时间：2018年12月26日

▲获奖代表合影

12月22日，CTTI高校智库百强榜在南京发布。

CTTI，即中国智库索引。是由南京大学、光明日报社联合研发的中国智库数据管理与搜索系统，经过三年的建设与拓展，正在成为大数据条件下中国智库共同体的一个创新例证。

在参加测评的441家高校智库中，北师大共有3家智库进入该榜单，分别是：北京师范大学中国教育与社会发展研究院、北京师范大学国际与比较教育研究院、北京师范大学中国基础教育质量监测协同创新中心。

北京师范大学中国教育与社会发展研究院

北京师范大学中国教育与社会发展研究院（简称研究院）由民进中央和北京师范大学共同组建，是以中国教育政策研究院、中国社会管理研究院为主要基础，整合校内外资源，以推进中国特色教育现代化和社会建设为使命，以教育改革发展和社会治理创新为研究特色的新型高校高端智库。

2017年9月，研究院被列入国家高端智库建设培育单位，2018年12月22日，研究院入选"CTTI高校智库百强榜"，荣列25家A+智库，同时研究院《关于新时代坚持和发展"枫桥经验"的建议》成功入选中国智库索引（CTTI）2018年度精品成果。

自成立以来，研究院取得了丰硕的成绩，完成了数百份调查报告与研究成果，获党和国家领导人的重要批示或被各级政府采纳600余次；起草了一系列国家教育标准，对党和政府教育法规、政策的修订起到了积极作用；建设专业数据库与调研基地，第一时间深入了解地方教育与社会发展的典型的经验和最新动态，打造了功能完备的信息采集分析系统；发布系列发展报告，产生了重要社会影响；连续举办多类多届高层论坛，积极引导社会舆论，推动理论与实践创新；编写教育与社会学科领域权威书典与刊物，服务学科建设与党政决策；研究院还创新国际交流合作机制，充分发挥了公共外交的作用。

北京师范大学国际与比较教育研究院

北京师范大学国际与比较教育研究院创立于1961年，是中国成立最早和影响最大的比较教育研究机构，也是全国唯一的比较教育学国家重点学科点，教育部人文社会科学重点研究基地，教育部国别和区域研究培育基地，APEC高等教育研究中心秘书处依托单位。2017年9月20日，入选教育部高校高端智库联盟首批成员单位，2018年12月22日入选"CTTI高校智库百强榜"，荣列35家A智库。

国际与比较教育研究院自成立以来，在以顾明远教授、王英杰教授为代表的老一辈教育家的带领下，秉持“立足中国，放眼世界”的原则，紧密跟踪我国教育改革与发展中的热点和难点问题，结合国际教育改革与发展的趋势和经验，基于学术研究积极发挥咨政建言、舆论引导、社会服务、公共外交作用，服务党和政府的科学民主决策。

北京师范大学中国基础教育质量监测协同创新中心

北京师范大学中国基础教育质量监测协同创新中心（以下简称“中心”）成立于2012年7月，并于2014年10月通过教育部认定，是我国教育学和心理学领域唯一的国家级协同创新中心。中心由北京师范大学牵头，包括华东师范大学、华中师范大学、东北师范大学、西南大学、陕西师范大学、中国教育科学研究院、教育部考试中心和科大讯飞信息科技股份有限公司等8家核心协同单位。

2016年中心入选中国智库索引（CTTI）首批来源智库（2016—2018年度）名单；2018年12月22日，入选“CTTI高校智库百强榜”。

近年来，中心紧密围绕国家基础教育质量监测的核心任务制定了《国家义务教育质量监测方案》，建立了教育质量监测网络，支持建立了28个省级教育质量监测机构；研制了义务教育阶段六大领域的监测标准和多形态、标准化的测查工具，实现了重要创新和技术突破；构建了中国特色的基础教育质量数据采集系统与数据分析平台，建设了国内唯一包含全国中小学生发展结果的教育数据库；完成了千余份国家、省、区县监测结果报告，探索构建了区域教育质量提升模型，为教育的科学决策提供了依据，促进了我国基础教育的全面发展。

扫描二维码浏览原文

盘点2018丨这一年，这些学术成果占领了北师大头条！

推送时间：2018年12月27日

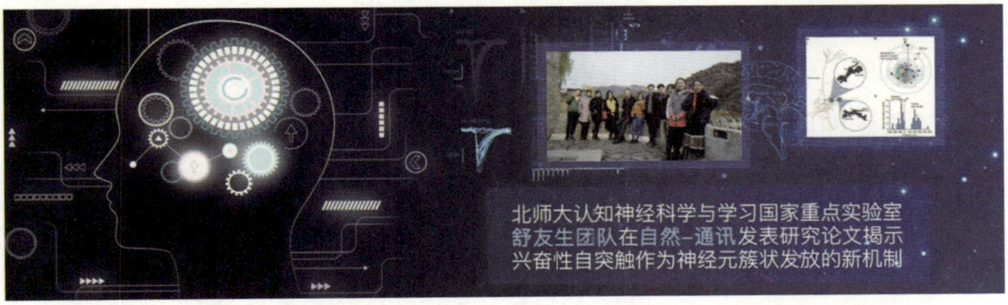

▲北师大认知神经科学与学习国家重点实验室舒友生团队在《自然-通讯》发表研究论文，揭示兴奋性自突触作为神经元簇状发放的新机制

▲北师大生态学科研究团队在 *Conservation Letters* 发表封面文章，揭示极危物种东北豹全球种群动态格局与生存现状

▲北师大天文系引力波宇宙学实验室以“利用强引力透镜化的快速射电暴作为精确的宇宙学探针”为题在《自然 – 通讯》上发表学术成果

▲北师大生命科学学院王占新课题组在 PNAS 上发表学术论文，揭示真核转录延伸因子 Paf1 复合物核心组分的晶体结构及分子组装机制

▲北师大发布《全国家庭教育状况调查报告》

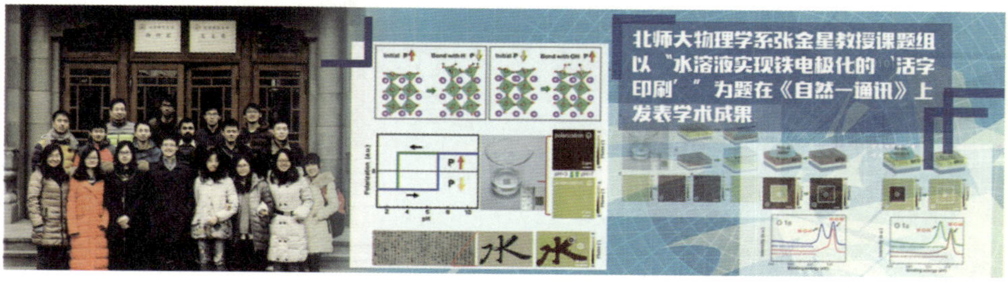

▲北师大物理学系张金星课题组以“水溶液实现铁电极化的‘活字印刷’”为题在《自然 – 通讯》上发表学术成果

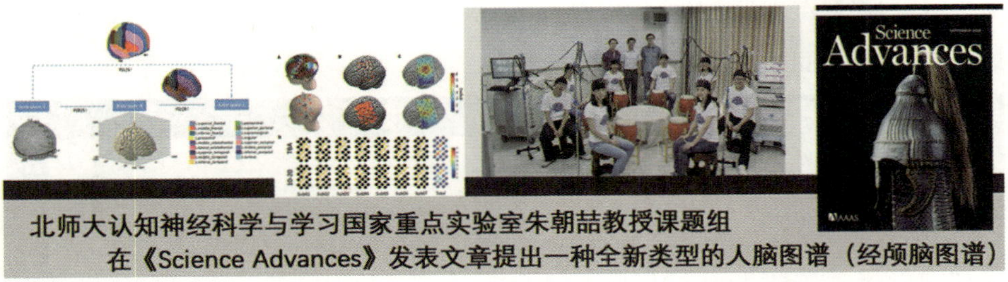

▲北师大认知神经科学与学习国家重点实验室朱朝喆课题组在 *Science Advances* 发表文章，提出一种全新类型的人脑图谱（经颅脑图谱）

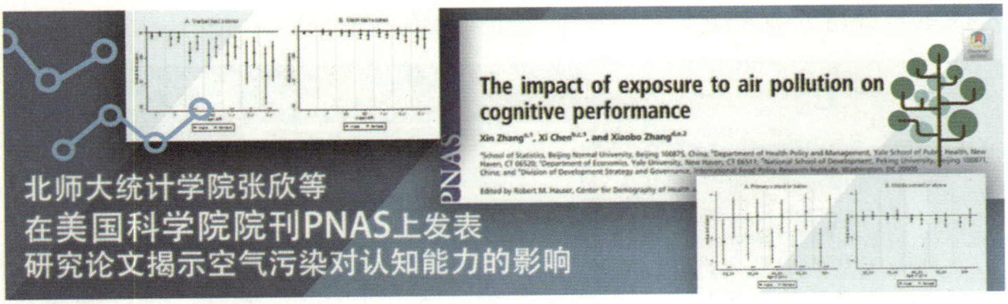

▲北师大统计学院张欣等在美国科学院院刊 PNAS 上发表研究论文，揭示空气污染对认知能力的影响

▲北师大发布我国首份《中国义务教育质量监测报告》

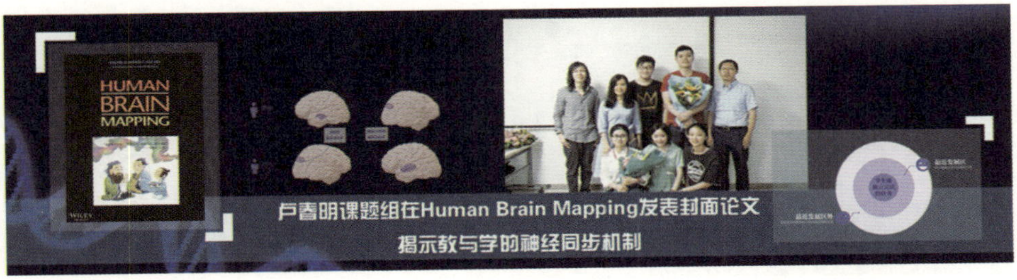

▲北师大卢春明课题组在 *Human Brain Mapping* 发表封面论文，揭示教与学的神经同步机制

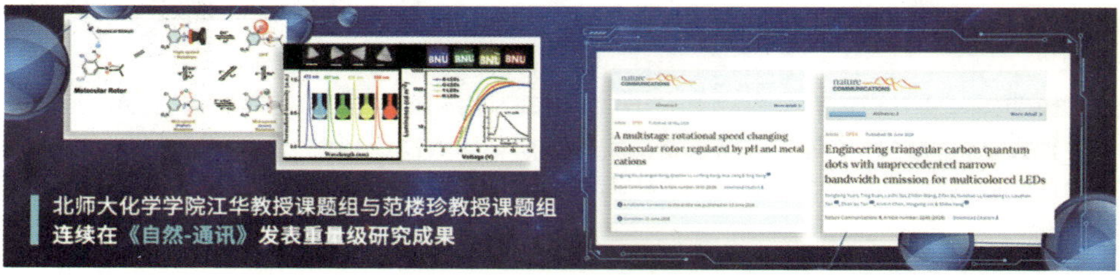

▲北师大化学学院江华课题组与范楼珍课题组连续在《自然－通讯》发表重量级研究成果

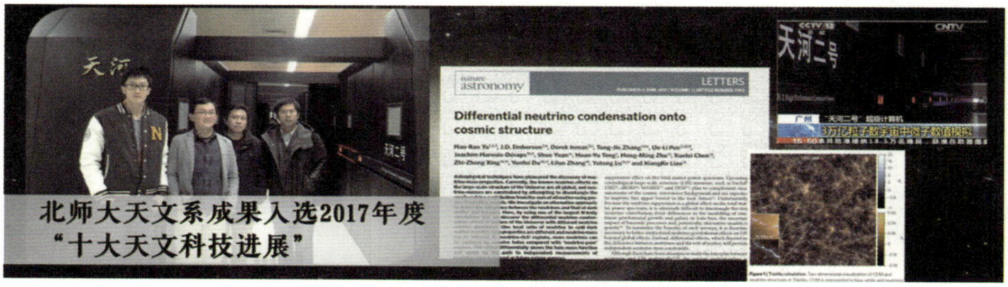

▲北师大天文系成果入选2017年度“十大天文科技进展”

▲北师大召开《中国改革为什么能成功》新书发布暨座谈会

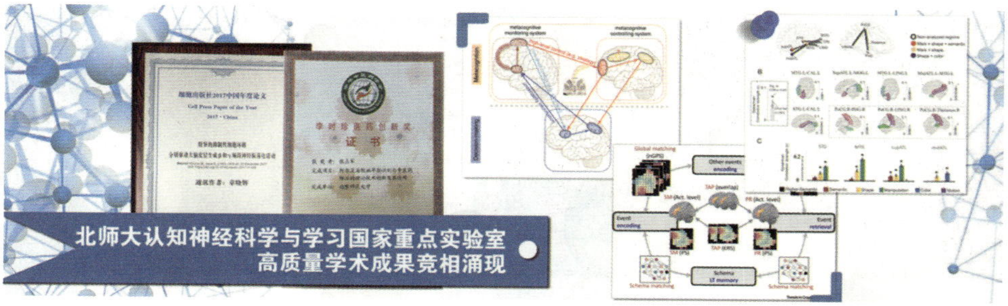

▲北师大认知神经科学与学习国家重点实验室高质量学术成果竞相涌现

▲北师大地理科学学部史培军教授创新群体论文入选 *Springer Nature*"改变世界，一刊一文"行动精选论文

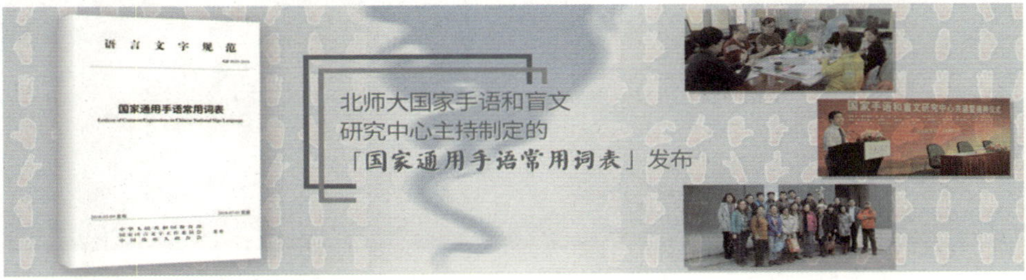

▲北师大国家手语和盲文研究中心主持制定的《国家通用手语常用词表》发布

▲北师大章晓辉课题组在顶级学术期刊 *NEURON* 上发表的研究论文入选细胞出版社五篇 2017 中国年度论文之一

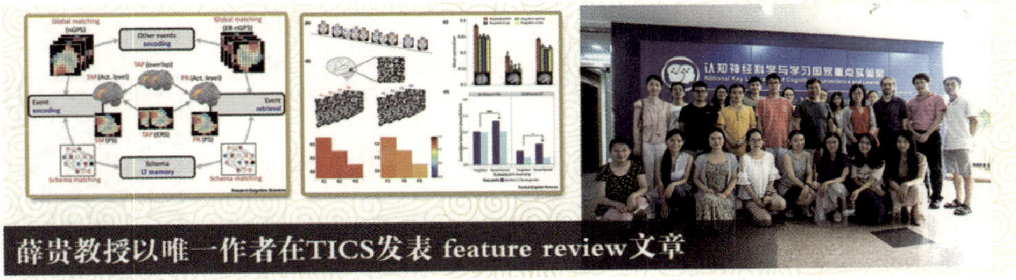

▲北师大薛贵教授以唯一作者在 *Trends in Cognitive Sciences* 发表 feature review 文章

▲原创儿童法治教育绘本《正义岛》出版

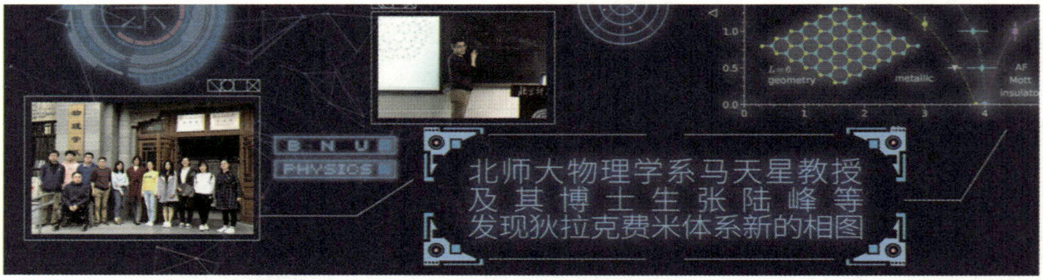

▲北师大物理学系马天星教授及其博士生张陆峰等发现狄拉克费米体系新的相图

▲北师大社发院胡晓江团队在国际顶级医学期刊《柳叶刀》发表文章，论述降低疫苗相关麻痹型脊髓灰质炎风险的免疫策略

从这些学术成果中，我们读到了北师大人追求卓越的雄心壮志，也读到了北师大人奋斗圆梦的实干精神。为勇攀学术高峰的师生们大大点赞。

新的一年，让我们一步一个脚印地努力，像钉钉子一样，一锤接着一锤地敲。凝心聚力，撸起袖子加油干，干出一个中国特色世界一流大学来！

扫描二维码浏览原文

贰

凡星灿烂

泼墨如幕的夜空
你如耿耿星河
星光点缀着我们最美的梦

平凡恬淡的时光中你因梦不凡
这一载关于蜕变、成长和璀璨的盛放
绚丽斑斓、惊艳夺目

这两位“90后”的同框，告诉你什么是青春万岁丨2017“感动师大”新闻人物温情揭晓

»» 推送时间：2018年1月5日

1月5日，2017年度“感动师大”新闻人物颁奖典礼暨新春团拜会在学生活动中心举行。中国教育报刊社总编辑翟博，教育部新闻宣传中心执行副主任余冠仕，北京教育新闻中心主任王攀，学校党委副书记、纪委书记孙红培，副校长郝芳华，校长助理张强，校长助理（挂职）、宁夏师范学院副校长钟正平，校长助理（挂职）、云南师范大学党委副书记何伟全出席典礼。学校各学部院系党政主要负责同志、机关部处负责人及师生员工代表近800人见证典礼盛举。

▲颁奖典礼合影

颁奖典礼揭晓了2017年度“感动师大”新闻人物，他们是：

学术泰斗，中国心理学界的不老传说张厚粲教授；勤奋治学，中国教育经济学的奠基人王善迈教授；爱岗敬业，在平凡岗位做出不平凡贡献的教材编辑岳昌庆老师；创新工匠，实现师大常用花卉自给自足的后勤园艺师袁存进师傅；披荆斩棘，铸就一流王者之师的师大女篮主教练李笋南教授；乐观向上，获评学校“十佳大学生”和“自强之星”的阳光男孩严宇桥同学；坚守初心、正气满怀，致力于民间文化传承的老党员陈子艾教授；情系教育、热心公益，与病魔抗争42年的活力奶奶刘爱华副教授；筚路蓝缕，在东北林海中建立起世界最大虎豹定位监测网络的虎豹研究团队；老有所为，为师大建设世界一流大学贡献力量的本科教学督导团。

张厚粲：厚德载物 粲晖育才

妙语杏坛，教诲如歌，您的笑颜和事业一样蓬勃。誉满中华，依然不骄不躁；走出国门，彰显大师风范。您是心理学界的大先生，更是师生心里的大先生。厚德能辅仁，众星粲以繁。学高为师，身正为范，至美是您，至敬是您。

王善迈：耄耋壮心 毕力躬行

勤奋严谨，孜孜不倦，是您治学的态度；开放包容，学者本色，是您毕生的追求。您为中国教育经济学奠基，在教育的世界里探求真理，在师者的岗位上传递薪火。您用信念执着耕耘，收获桃李满园。

岳昌庆：无声之处 自有芬芳

你爱笑，每一幅笑容都仿佛是一个磁场；你爱数学，醉心于方程定理、演算求解。字斟句酌，是你的本业；论文书册，是你的年轮。从一线教师到教材编辑，岁月流转，初心不改；无声之处，自有芬芳。

袁存进：工匠之心 美无止境

一草一木总关情，一人一心亦为真。春风里的郁金香，毕业季的太阳花，从一粒种子到四季芬芳，你没有豪言壮语，只有默默付出。平凡岗位，因工匠之心而卓绝，因精益求精而超凡。师大，因你而美。

李笋南：麻辣教练 柔情师长

挥洒汗水，浇灌师大女篮的铿锵玫瑰；千锤百炼，铸就所向披靡的王者之师。赛场上的呐喊，生活中的陪伴，你带领师大女篮一步步走向荣光。拼搏是你的本色，胜利是你的信仰。体教结合，为国育才，不悔，亦无憾。

严宇桥：勤学笃行 自强不息

你说你特别爱学习，每次考试总想拿第一；你说你总放不下师妹师弟，与他们一起在社会实践中丰富人生阅历。你说你不过是不想束缚于轮椅，大江南北的土地上便多了一台你的相机；你说你不过是想感动一下自己，可你却让所有人感到一缕清澈的小溪流淌过桥底。

陈子艾：弘文励教 正气满怀

从青春年少到白发苍苍，岁月改变了您的容颜，没有改变您的矫健。赤子之心，正气满怀六十年。山水跋涉，一生为学，传承民间文化。诲人不倦，桃李满堂。弘文励教是您的坚持，镕古铸今是您的信念。

刘爱华：乐观抗癌 壮心不已

您从未把自己当成病人，乐观抗癌四十载，耄耋仍存万里心。寸草春晖，汇聚校友力量，您用行动表达感恩之情。“莫道桑榆晚，为霞尚满天”，您就是我们身边的活力奶奶。

虎豹研究团队：筚路蓝缕 虎啸山林

执念踏入林海雪原，只用一瞬间。带着收获走向世界，却花了十三年。你们将艰辛与汗水隐于山林，铺就了虎豹回归之路；你们推动设立的“东北虎豹国家公园”，成为了中国生态文明建设的亮丽名片。你们，是师大最美的科研团队！

本科教学督导团：老有所为 毓英培华

纵然银丝白发，依旧心系杏坛。不惧酷暑寒冬，未曾缺席课堂。望闻问切，对课堂教学倾心评点；毕生经验，向青年教师倾囊相授。日暮行雨，春深著花。时光流转经年，灼灼目光从未改变！

扫描二维码浏览原文

世纪女神 | 北师大物理学系1929级唯一女学生，中国空气动力学先行者

推送时间：2018年3月8日

▲ 陆士嘉

陆士嘉先生创办了中国第一个空气动力学专业，是北京航空学院（现在的北京航空航天大学）筹建者之一，享有崇高的地位。她是师大物理学系的杰出系友，也是1929级物理学系唯一的女学生。

陆士嘉原名陆秀珍，生于1912年3月18日，妇女节后10天。10岁进入北京高等师范学校附属小学，与著名力学家钱学森同班。12岁考入北京师范大学附属中学。1929年考入北京师范大学物理学系，成为当时物理学系唯一的女学生，1933年以优异的成绩拿到学士学位。1937年进入德国哥廷根大学（当年神一样存在的学校）研究院，打算投入普朗特门下。

▲ 1933届物理学系学生和部分教师合影

普朗特是近代流体力学和空气动力学的奠基人，辈分极高。著名的冯·卡门是其

博士生，我国著名的力学家钱学森和郭永怀是冯·卡门的弟子。据说普朗特最初看不起中国学生，当时女学生在德国也是很受歧视的。陆士嘉恰好是来自中国的女学生。起初普朗特拿了几道题目想让陆士嘉知难而退，约定题目做出来了就可以收其为弟子。没想到被陆士嘉三下五除二就给解决了，大出普朗特的意料。普朗特就收陆士嘉为其学生。陆士嘉便成为普朗特门下唯一的女学生和中国籍留学生，最后还是普朗特的关门弟子。如果从这里算来，陆士嘉是冯·卡门的师妹，钱学森和郭永怀的师叔了。

1942年，陆士嘉完成了博士论文《圆柱射流遇垂直气流时的上卷》，获得了哲学博士学位，并成为中国第一位获得洪堡奖学金的女博士。毕业之后，先后在柏林高等工业学校、萨克逊堡造船厂柏林设计研究部、哥廷根大学工作。

1946年回国后，陆士嘉先后在天津北洋大学和清华大学任职。1952年，担任北京航空学院（现为北京航空航天大学）筹备委员会委员。后任该校教授，主持建设了我国第一个空气动力学专业，筹建了空气动力学研究室，并首任该研究室主任。陆士嘉参与创建了一整套低速风洞，同时又积极参与和组织全教研室人员自行设计和制造超声速风洞和大型机械式六分力天平。

陆士嘉学识渊博，尤以粘性流体力学见长，同时她还关心、支持新兴流体力学分支理论研究，为发展磁流体力学、生物流体力学等做了大量的工作。她潜心教学，出版了大量专著和教科书（参见下表），培养了我国首批空气动力学本科生和研究生，为发展我国力学事业和培养航空工业的科技人才做出了贡献。

▲ 1952 年北航建校初期工地（沈元 / 陆士嘉 / 徐华舫）

陆士嘉先生之高风亮节，也非常人所能

及。在此仅列举两件关于陆士嘉的逸事。

为什么陆士嘉不是学部委员（中科院院士）？

1979年，中国科学院增补学部委员，她被推荐为候选人。她认为“自己回国以后主要搞教学工作，研究工作做得不多，不合适做学部委员”。她又给中国科学院学部写了一封信，恳求从候选人名单中删去她的名字。信中表示“年纪大的同志应该主动设法为中青年同志创造条件，应该让他们在前面发挥作用，我们这些人不当委员也会提意见、出主意，绝不能由于我们而挡住了他们，这样对中国的科学事业发展不利”。

为什么普朗特的《流体力学概论》译者中有郭永怀的名字？

20世纪50年代，郭永怀曾翻译出版了普朗特的《流体力学概论》。普朗特逝世后，他的学生们根据流体力学的新成果、新发展修订该书，改写了大部分章节，使其内容更为丰富。1968年郭永怀因飞机失事以身殉国。为把这本名著的新版本介绍给我国读者，陆士嘉于20世纪70年代后期将该书德文第七版修订本译为中文，并建议新译书仍然只署郭永怀的名字。后经出版社反复动员解释，她才勉强同意加上自己的名字。

扫描二维码浏览原文

超厉害，他们抓了一群马特人来讲法治故事！

推送时间：2018年4月9日

2018年3月，北京师范大学出版社全新推出“正义岛儿童法治教育绘本”。这套绘本讲述了马特人在正义岛上生活的七个故事，马特人性格各异，因为没有规则意识，他们屡屡犯错。但最终，他们用智慧确立了一系列规则，并且珍视、遵行这些规则。正义岛上终于安宁了。跟随这些马特人，孩子们可以理解规则产生的原因，了解规则产生的过程，明白不同领域规则的意义，并学会通过规则来解决生活中的困难和问题。

这套绘本究竟有怎样的魅力呢？

今天，这套绘本的创作者，北师大法学院三名副教授组成的创作团队——律豆博士将为我们讲述这背后的故事。

▲图从左至右：张江莉，袁治杰，贺丹

“马特人”的诞生：一个故事的开始

谈起四年前的那个夏天，袁治杰至今仍心潮澎湃。

那一天，在北师大法学院办公室里，袁治杰抱着他思考已久的想法，起身振臂一呼：“我们做一套给孩子看的法律绘本吧！”

让他没想到的是，同办公室的两位同事贺丹和张江莉当即响应：“好啊！”从这一天起，这三位志同道合的伙伴开启了通向“正义岛”的航路，也为孩子们打开了一扇新世界的大门。

“律豆博士”是这个三人团队的名称。“律”指法律，“豆”则寄托了团队希望种下的法治意识能在孩子心中生根发芽、成长的期许。“豆”与“斗”同音，也表现出团队要为法治建设奋斗的精神。

“创作一套适合儿童阅读的法律绘本”，这一想法一直在袁治杰的心中酝酿。“现在市面上给孩子看的法律方面的书籍很少，也有一些是写一个故事，配一个法条，不能真正吸引孩子。所以我们要自己弄一套读起来既生动有趣、又蕴含深刻法治理念的绘本，让孩子们明白法律背后反映的人与人的基本关系，知道什么能做、什么不能做。”抱着给孩子讲好法律故事的想法，袁治杰和他的伙伴们开始了儿童绘本的构思。2014年11月，经过工作之余的频繁讨论，故事的框架被勾勒了出来。

2015年春夏之交的一次讨论是创作进程中的一个里程碑。在这次讨论中，律豆博士们明确了“法律是社会规则，所以我们要塑造一组社会性的、群体性的人物”的观点，“正义岛”与“马特人”这两个书中最重要的意象也由此确立。“正义岛”的“马特人”们终于开始了自己的故事。

绘本诞生的过程是极其艰难的。已经成型的文字稿需要用绘画的方式重新表达，绘本中的文字被不断精炼删减。这样的绘本创作对于他们来说无疑是一个挑战——他们从未有过绘本制作的经验，从绘本的分页到故事的分镜，从绘画的构图到勾线上色，都是一片未知的领域。即使在这样的情况下，律豆博士依然选择了绘本原创。

他们绝不是仅仅满足于“弄几个故事，配一点插图”这样的简单目标；让孩子们见之则喜，阅之则乐，并在阅读后形成“假设我是一个小马特人，那我该怎么做”的思考，才是他们的真正目的。

北京师范大学出版社编辑胡苗在绘本的创作过程中提供了宝贵的意见和重要的指导，她的帮助使绘本的创作获得了很大的提升。正如张江莉所说：“前面几本没有后面几本画得好。我们是在创作中学习，在学习中创作。经过编辑的指点和提示，后面几本的构图和画面变得更加鲜活、精美，节奏感也更强了。这套绘本本身就反映了我们不断进步、日益成熟的创作过程。”

“马特人”的群像：好故事是怎样炼成的

谈起“马特人”，律豆博士们的话匣子一下子就打开了。贺丹介绍说，“马特人”这一名称有两个来源，即古代埃及神话中的正义女神叫玛阿特（Maāt）和俄罗斯套娃（матрёшка 马特廖什卡）。后者的可爱形象也使其成为了“马特人”的原型。同时，在这一角色中也注入了典型的中国元素。

“马特人”头上的小角可是大有来头：獬豸是中国古代神话传说中代表律法与公平的神兽，其头顶的独角会在人们发生冲突或纠纷的时候指向无理的一方。

在故事中，“马特人”的角意义重大。马特人的投票规则是少数服从多数。在投票时，马特人们先缩成圆球，同意被表决规则的马特人，就把自己的角伸出来，就像“举手”一样。“马特人”的行为因此被赋予了一种仪式感。在这诸多元素的组合下，“马特人”的名字和形象里，便包含了正义、法治的内涵。

袁治杰也一直强调，《正义岛》之所以与其他同类绘本不同，原因在于其是一整套生动形象的故事，书中人物形象的塑造是通过对角色本身进行深层次的挖掘与细节的处理实现的。

“书中有七个马特人主人公，但没有一个完美无瑕的人物，每一个人物都是有缺点的，就像我们日常生活中的每个普通人。有的马特人在这本书里可能做了好事，但是在下一本书里面可能就做了错事，比如一有机会就占点便宜，等等。因为在现实的社会生活中，每一个人都是不完美的，

▲七个主人公

都是有优点和缺点的，法律等社会规则的作用就是抑制我们人性中的恶，激发人性中的善。好的规则制度会让每个人变得更好，从而让社会变得更好。这就是法治的理念。”

绘本角色层次的丰富性使得孩子的思维中不会形成非此即彼的刻板印象。在绘本中，即使是看上去最完美的“眼镜马特”，也有秃头的“外貌缺陷”，在《星星形状的伤痕》中也通过投票错怪过他人。“法律是一个现实社会的规则，我们希望我们所创造的人物，不同于有些作品中的英雄或者圣人，而是和我们一样的普通人。”这种客观、中立的刻画方式，使得绘本人物更加血肉丰满，也使故事与现实联系得更加紧密。

同时，绘本对于事件的描写也采取了类似的处理。单纯对正面事件进行描写，树典型、立榜样类同于说教；而过多地对负面事件进行描写和批判则可能导致儿童模仿。在《正义岛》的故事中，马特人的规则创设往往是通过一个不断探索的“试错”过程实现的。例如，丸子店的和平与混乱与排队与否直接勾连，通过故事的描述，以对比的形式，大家自然就能理解为什么要文明排队——因为乱挤和插队就会导致混乱。故事通过这种方式层层展开，让读者在阅读中，自然地体会到规则背后的道理，提升了接受度。

在创作中，团队也十分关注儿童的阅读感受。通过阅读儿童心理学文献，并对儿童（自家孩子及朋友）的行为进行观察，律豆博士们发现，儿童对图画中的细节十分在意。因此，绘本中的图画特别注重细节描绘。

比如在《被挤烂的丸子店》这本书中，当丸子店第一次被挤烂时，华尔马特的头被撞起了一个大包，在下一页丸子店重新开张时，你就能看到他的头上贴了创可贴，被撞坏的桌子上也都有维修过的“补丁”痕迹。在大家第一次制定了排队规则后，马特人们排起了长队，在长长的队伍中，每个马特人的表情和行为都是不同的，队伍前面的人很兴奋，因为快要排到他们了，排在队伍后面的马特人就显得很无聊；在队伍中，眼镜马特就在看书（这也为他在《卷毛的马特人》一书大赛中的胜出埋下了伏笔）……为使内容与儿童的兴趣更加贴近，团队成员的孩子们也全面参与了图书角色与场景的设计，提出了很多很重要的建议。

正是因为律豆博士们的精心设计和全力以赴，《正义岛》绘本获得了小读者们的喜爱。在快乐的阅读过程中，如小苗接受春雨滋润般，孩子们潜移默化地形成了基本的是非观，建立起了初步的法治意识和规则意识。

“正义岛”上不仅有“马特人”——思考与展望

谈及绘本的热卖，袁治杰认为这套绘本可能填补了童书领域在儿童法治教育方面的不足。“给孩子讲法治规则是很困难的。我们这套绘本也是一个尝试，希望能够用讲故事的方法来普及法治理念和规则。”在这个意义上，《正义岛》绘本给幼儿园和小学低年级的法治教育和规则教育提供了一套很好的参考读物。

“我们希望孩子通过对绘本的阅读，建立起基本的法治意识，包括民主、自由、平等、公正，等等。如果孩子们从小就能了解基本的法治理念，他们成年后就会更加遵守法律规则，也就更有能力去进一步完善法律规则。这对我国的法治建设而言至关重要。”

事实上，律豆博士们在向儿童普及法律方面知识的“野心”并不止于绘本。除了这本儿童法治教育绘本以外，其他的相关活动也在蓬勃开展。

去年年底，北京市人大常委会法制办、教科文卫办、北京市政府法制办、北京市教委四家国家机关与北京师范大学等四所教育部直属高校合作共建北京教育法治研究基地，基地目标是全面推进首都依法治教建设。三位律豆博士都是这一基地的研究人员。同时，律豆博士也在积极进行《宪法绘本》的创作，去年12月4日宪法日推出的《宪法之歌》，实际上就是律豆博士宪法绘本的一个初期成果。

▲律豆博士一纸寄语

对于律豆博士团队来说，推动青少年法治教育，并非是他们的突发奇想，而是一个很长远的打算和计划，这一计划将会在不断推进的过程中愈发完善与充实。

“愿小朋友们像马特人一样，去建设属于你们的正义岛！”

扫描二维码浏览原文

向总书记汇报：把青春写在边疆大地 做党和人民满意的好老师

推送时间：2018年5月2日

▲古丽加汗

古丽加汗·艾买提，北京师范大学历史学院2011级师范生，现为新疆喀什叶城县第八中学支教教师。

2014年9月9日，习近平总书记视察北京师范大学并与师生代表座谈。古丽加汗作为唯一学生代表向总书记汇报自己投身家乡教育事业的志向。

写在叶尔羌河畔的青春故事

——北师大公费师范生古丽加汗·艾买提成长纪实

在距离北京师范大学4051公里的新疆喀什叶城县第八中学，支教老师古丽加汗正给高二（1）班的学生上汉语课。今天学习的课文是《唯一的红军》。

这是古丽加汗来叶城支教的第二年，不久后她将正式调入叶城八中工作，尽管周围的人并不太理解她的选择。“我喜欢这里的孩子，我决定留下来，陪伴他们一起成长”，古丽加汗如是说。

从乌鲁木齐到叶城：被需要的感觉最幸福

2015年7月，古丽加汗从北京师范大学历史学院毕业后，进入乌鲁木齐23中工作。2016年9月，古丽加汗受学校委派到叶城县一所双语高中支教。一年期满后，她主动要求再延长一年支教时间，并决定正式调到这里。

“我当了36年老师，只见过千方百计想从小县城往大城市调动的，还从没见过有人想从乌鲁木齐往我们这种偏远县城调的”，叶城八中的党委书记戴琰老师激动地说，“对古丽加汗主动申请调动的事，学校非常慎重，担心年轻人感情用事，也考验了她很长一段时间，最终是古丽加汗的坚定和执着深深打动了我”。

这个从小生活在乌鲁木齐的维吾尔族女孩，对南疆的了解并不多，甚至在接到支教通知前从未听说过叶城这个地方，但万万没想到的是，这里却成了她人生最美好的遇见。一边是省会城市示范高中的正式编制岗位和学校领导的赏识器重，一边是被列入六类艰苦边远地区的国家级贫困县的新建学校，古丽加汗心中的天平，在支教第一年结束时，就已偏向了后者。

为什么要留在叶城工作？从初到时的孤独和怀疑，到融入后的充实和幸福，古丽加汗从孩子的依恋和成长中，逐渐找到了答案。“学生们大多来自周边的乡镇，很珍惜上学的机会，学习愿望特别强烈，努力想改变自己，想多学一点、学好一点”，讲起自己的学生，古丽加汗眼中是满满的爱意，“和大城市的孩子身上那种天然的优越感相比，我更喜欢这边学生的单纯和朴实，待人真诚、容易亲近，一眼能看到心底”。

支教伊始，古丽加汗因为气候不适感冒多日。一天早晨，班上两个女生端着饭盒小心翼翼地敲开了她的房门，“老师您一定要保重身体，如果您因为生病回了乌市，我们可怎么办呀”，看到热气腾腾的白粥，听到学生关切的问候，古丽加汗的心被融化了。

学期中间，古丽加汗有急事要赶回乌市处理，走前没来得及和学生说明原由。后来听同事转述，“你的学生满校园找你，找完办公室找宿舍，还找到了教务处，见不到你一直哭，以为你不回来了”。等她办完事回到叶城，同学们自发在班里给她过了25岁生日。古丽加汗说，“这是我过的最

▲古丽加汗

温暖的生日”。

第一学年，古丽加汗同时承担高一历史和高三汉语的教学任务，跨年级、跨学科的压力很大。高考成绩出来后，高三（9）班全班53人，有11人上了100分，最高考了127分。“这是我当老师以来最有成就感的事，没有什么比看到学生进步更满足的了，比我自己拿了全区比赛一等奖还开心”。而她带的高一（12）班是个理科班，学考结束后有学生来找古丽加汗，“学生追着我问，老师，高二不学历史了你还能不能继续给我们上课，后来学校安排我上这个班的汉语课，孩子们听到消息后全体鼓掌欢呼”。

古丽加汗如数家珍般讲述着她和孩子们相处的点点滴滴。故事之中，她看到的是孩子们的可爱和善良；故事之外，我们看到的是她对教学的投入和专注、对学生的陪伴和关爱。“被学生需要的感觉真好”，在采访过程中，古丽加汗反复念叨着这句话。不仅仅是被学生需要，“在这里，我能真切感受到自己工作的价值和意义，我觉得八中需要我、叶城需要我”。

由上海援建的叶城县第八中学是一所年轻的高中，硬件条件相对较好，但师资力量严重不足。五年前，叶城县的高中阶段毛入学率不足60%，而在八中建成后，这个数字已超过90%。目前，这所招生规模近6000人的学校只有200名左右的老师，师生比远远低于教育部规定的1 ∶ 12.5 。“八中的建设发展需要一批优秀的年轻人，真正想留在这里干一番事业的人”。

▲古丽加汗和她的学生

古丽加汗十分喜欢这所充满活力的学校，“我的同事大多是通过考特岗教师来的叶城，大家年龄相近，都有干事创业的热情，年轻人在一起氛围特别好，学校还为我们安排了周转房，解决了后顾之忧”。

在调动工作的过程中，古

丽加汗也经受了一些质疑，有人说她看中了六类地区的高工资补贴，有人说她贪图小县城的安逸生活，有人说她是找了对象舍不得走……面对各种非议，她并不在意，“路越是难走，我的决心就越强烈，信念就越坚定”，“趁年轻，还有机会选择，要让自己活得有价值、有意义”。自幼与母亲相依为命的她养成了坚韧、独立的个性，在人生的重大时刻，妈妈总是鼓励她，“人生不要有遗憾，过自己最想要的生活，自己选的就不要后悔”，等调动手续办完后，古丽加汗便打算把妈妈从乌鲁木齐接到自己身边。

从卓越师范生到“四有”好老师：“学为人师，行为世范”是我的信仰

当老师是古丽加汗从小的梦想，“小时候玩过家家我最喜欢扮演老师，站在讲台上的感觉好极了”。为圆这个教师梦，古丽加汗寒窗苦读，终以新疆民语系统高考文科状元的成绩，如愿考入北京师范大学历史学院。预科两年、大学四年，在北京求学的六年，古丽加汗付出了超乎常人的勤奋和努力，为的就是离自己梦想中那方安身立命的三尺讲台近一点。

“我不是最聪明的人，但是说到刻苦和坚持，我绝对不输给别人”，心中的教师梦激励着古丽加汗不断战胜困难、无畏前行。为了打牢专业基础，她每天坚持晨读，从最基本的文字音韵学起，古文水平从磕磕巴巴地读“天书”，发展到可以流利背诵大量古籍。为了提升教学能力，她坚持在公共水房的镜子前练习讲课，每周找老师试讲点评，而老师的评价也从第一次上讲台时的“很糟糕”，变成了大三结束时的“你很优秀，当老师没问题”。背古文、练英语、写三笔字、自学手语和盲文，古丽加汗相信勤能补拙，她如海绵汲水般主动学习，并积极投身各类教育教学和社会实践活动。

大四上学期，古丽加汗在乌鲁木齐68中学实习了3个月，承担的历史课程跨越了初一到高二5个年级。“初中的课要多点趣味性，高中的课要注重知识逻辑和思维训练”，每周20多节课的高强度历练，让她从新手教师的紧张焦虑逐渐转变为讲台上的收放自如。临近毕业，“乌鲁木齐23中不

▲古丽加汗在图书馆

是我拿到的offer中最好的，却是我最想去的”，古丽加汗觉得这是一所维汉双语学校，还有专门招收全疆优秀学生的宏志班，“这类学校能更多发挥自己的作用，实现自己的价值”。

当梦想照进现实，古丽加汗丝毫没有放松对自己的要求，工作第一年，高一2个班的历史课和1个班的副班主任工作，以及参与各类比赛、课题、公开课，对她而言是全新的挑战。“备课、批改作业、写教学反思，与学生谈话、与同事切磋、与前辈请教，这些都是我每日的必修课”，在古丽加汗的努力下，她带的2个班在学考中取得了及格率100%、优秀率超过50%的好成绩。教案大赛、课件大赛、论文大赛、微课大赛、双语教学大赛，古丽加汗一年来斩获了大大小小近十个教学相关奖项，特别是全市中学历史教师教学技能大赛一等奖，更让这个初出茅庐的年轻人树立了职业自信，“我非常珍惜学校提供的每一个展示自我和学习交流的平台，对我而言，要么不做，要么就做到最好”。鉴于古丽加汗的出色表现，她被学校评为2016年度“优秀教育工作者”，实习期满后被任命为校团委副书记，并被选派赴叶城支教，“人生际遇总会因为一些机缘而改变，叶城支教就是我人生的重大节点，特别感谢学校给了我这个重新审视自我和规划未来的机会”。

回顾大学时光，古丽加汗坦言，“是北师大给了我追求卓越的自信和勇气，是北师大告诉我‘不做教书匠，要做未来教育家’”。图书馆是古丽加汗最爱的一方天地，“大一时偶然读到《启功口述历史》，我被启功先生与陈垣老校长有逾父子的师生关系深深打动了，一流的学问德行，再造思想人格之恩，那是我心目中最美的师生情谊”。先贤大师令人高山仰止，朋辈榜样的影响亦然深远。大二时，古丽加汗听说了09级师兄朱启平的故事，“同是历史专业，同是师范生，他连续三年暑假组队返乡支教，毕业时谢绝了省会重点学校的邀请，回到家乡执教”。“在最需要我的舞台上发挥最大的价值”，朱启平的这句话，深深印在了古丽加汗心里，而她也在大四时做出了同样的选择。这种选择的背后，是北师大“学为人师，行为世范”校训精神的浸润，更是北师大人“盛德励耘，上善乐育”独特气质的传承。

从逐梦者到筑梦人：走好属于自己的新时代长征路

2014年9月9日，是古丽加汗生命中一个极不寻常的日子。这一天，习近平总书记到北师大视察并与师生座谈，她作为唯一的学生代表，向总书记汇报了自己志愿扎根边疆、奉献家乡教育事业的决心，得到了总书记的肯定。“当时总书记就坐在我对面，我发言时，他一直微笑地看着我，我心里可温暖了”，古丽加汗回忆道。座谈会后，她将一顶维族花帽送给了总书记，“总书记亲切询问了我的学习情况，还夸我普通话讲得好，并鼓励我继续努力，去实现自己的梦想”。

四年过去了，古丽加汗从一名行将毕业的公费师范生，成长为一名扎根基层的人民教师。“习总书记提出的‘四有’好老师要求，是我的努力目标，更是我的实践准则，当老师越久体会也就越深”。古丽加汗把总书记《做党和人民满意的好老师》这篇讲话放在案头，遇到困惑时、心生倦怠时、自我满足时，她都会拿出来读读，不断从中汲取勇气和力量。“总书记的讲话是常读常新的，每一次读都有新的收获”，随着古丽加汗在真实教育场域的不断深耕，她对“四有”好老师的理解也愈加深入，“特别是有仁爱之心这点，在南疆支教期间我的感受最深，我深信，爱是教育的灵魂，好老师要用爱培育爱、激发爱、传播爱”。

四年前的座谈会上，习总书记一句“中西部强，则中国强”让古丽加汗倍受鼓舞，而当她选择去更艰苦的边陲重镇工作时，才真正明白其中的含义。“只有中西部的青少年强，中西部才能强，中国才能强，不让任何一个孩子落伍掉队，我们做老师的就得安心坚守岗位，把孩子们培养出来”，古丽加汗深知师资力量薄弱、优秀人才稀缺是家乡教育的短板，新疆的繁荣发展、长治久安都离不开教育。“国家出台了很多支持教师发展的政策，这让我们一线老师很振奋，比如《教师教育振兴行动计划》《乡村教师支持计划》，都是为了吸引优秀人才从教，用优秀的人去培养更优秀的人”，她也希望能有更多年轻人一起投身西部教育事业，在祖国最需要的地方建功立业。

作为一名党员教师，古丽加汗预科时入党，大二时担任党支部书记，七年的党龄让她养成了自主学习政治理论的习惯。手抄十九大报告、手抄新修订的党章、手抄总书记关于新疆工作的重要讲话，这是古丽加汗所在支部常规的学习活动。“总书记说过中国梦的实现归根到底靠人才、靠教育，努力让每个孩子都能享有公平而有质量的教育，我们青年教师责无旁贷”，这是党和人民的美好愿景，也是古丽加汗的奋斗目标。青年，是实现中华民族伟大复兴中国梦的主力军；教师，是打造这支中华民族“梦之队”的筑梦人。而青年教师，既是逐梦者，也是筑梦人。

《习近平的七年知青岁月》是古丽加汗最近常常翻阅的一本书，“习总书记经历了不平凡的青春岁月，在黄土地上当了整整七年农民，经历了无数苦难和磨练”，书中一位受访者的话令她印象深刻，“在实现人生价值的时候，别人做事从‘零’开始，习近平却要从‘负数’开始”。“年轻人，就应该去奋斗，没有什么克服不了的困难”，古丽加汗把青年习近平视为自己的偶像楷模，“我们要改变等靠要的状态，在享受国家对新疆的优惠政策、内地对新疆的对口支援的同时，从我做起，感恩自强，让自己变得更优秀，为祖国发展贡献力量”。

天路零公里，昆仑第一城。站在丝绸之路南道的十字路口，古丽加汗更加坚定了人生前行的方向。曾经的古丽加汗，是北京师范大学“十佳大学生”“优秀共产党员”，是“中国大学生年度人物”“全国励志成长成才优秀学生”，是一个满满正能量的追梦女孩；当下的古丽加汗，褪去荣耀和光环，是一名普普通通的人民教师，她选择用最美好的青春年华，陪伴老少边穷地区的孩子一起成长。

（记者：孙薇薇）

扫描二维码浏览原文

集体保研！四年奖学金14万！这个学霸女神宿舍值得你pick！

推送时间：2018年6月18日

▲ 毕业照

学九楼339是一个毕业生宿舍，也是全部保研的“学霸宿舍”，宿舍的7个女生是北师大文学院汉语言文学专业2014级本科生，她们7人全部获得保研资格，其中5人保研北京师范大学，1人保研武汉大学，1人主动放弃保研机会并拿到新加坡国立大学、香港大学、香港中文大学等多所名校的offer。

学霸修炼手册

初入师大，她们是成绩平平的7个女孩，但都勤奋好学、踏实自律，且相亲相爱、团结互助。大学四年，她们坚持上课坐前排，并约定轮流早起提前去教室占座，第1排最中间的7个座位常常被339宿舍承包。课上笔记记不全的时候，她们会相互分享自己的笔记，期末考试周的时候，她们会相约自习，并在晚上相互提问白天复习的知识点，一起查漏补缺。在上

“东方文学史”和“比较文学概论”两门课的时候，因为课程容量大，她们分工合作，每节课后轮流整理课上的知识要点，期末汇总成了五万多字的复习资料。

这些小习惯的益处在她们的成绩单上逐步显现出来，在7人的相互激励下，她们的学业成绩如同搭上了小火箭般一路攀升。从大一宿舍平均分88.27，到大二的89.43，再到大三的90.79，每一个0.01都是她们共同努力的见证。

到了大三学年，她们的专业成绩已在同年级中遥遥领先，7人全部位列年级前20%,4人跻身年级前10%，宿舍7人全部获评“京师一等奖学金”。

大四初，339宿舍7人全部获得推荐免试研究生资格，成为小有名气的“保研宿舍”。

一路走来，她们斩获奖学金和荣誉无数，国家奖学金 ×1，国家励志奖学金 ×3，京师一等奖学金 ×13，京师二等奖学金 ×7，北京市优秀毕业生 ×1，北京市“先锋杯”优秀团员 ×1，北师大优秀学生干部 ×2，北师大优秀毕业生 ×2，北师大优秀团员 ×2，北师大三好学生 ×2，北师大社会工作奖 ×1……细数大学四年里获得的奖学金，339宿舍所获奖学金总额竟达到147600！

女神修炼手册

四年师大时光，她们约定每年夏天都拍一组宿舍集体照，以此记录匆匆年华。由大一的懵懂青涩，到大四的风华正好，她们用一组组照片诠释了“腹有诗书气自华”。

不仅是学业中并肩的伙伴，她们更是生活中亲密的挚友。除了一起自习，爱好相似的她们还常常相约看电影、话剧、歌剧、舞剧，逛艺术展、博物馆，听音乐会、演唱会，一张张票据的背后是她们对艺术的探索、对美的追求。

▼ 大一

▼ 大二

▲ 大三

▲ 大四

毕业寄语

毕业在即，回首一同走过的四年芳华，她们这样说……

谢雨情　保研北师大文学院中国古代文学专业

师大的早晨从学五早上的豆浆热粥中氤氲出的白气开始。文院人多，大课常常在敬文讲堂和教九502上，想抢到前排的位子并不容易，但坐在前排的好处是除了能认真听讲之外，还能近距离欣赏到老师讲课投入时“手之舞之足之蹈之”的可爱神情。没课的悠闲午后，在图书馆五楼随便找一排书架，一本本翻过去，躲在无人的角落里，时光也流逝地飞快。师大的夜晚是喧闹的，有跑步的、踢毽子的、踢足球的、打篮球的。如果有幸在10点以后跑步，会感受到清凉的晚风吹拂着发丝，看到操场上的灯光渐次熄灭，远处宿舍楼的灯光在夜空中明明灭灭，像是在深海里漂浮的星星。这就是在师大最平凡的一天，也是在生命中千千万万日子中最值得也最想拥有的一天。

“桃李春风一杯酒，江湖夜雨十年灯。”愿诸君，踏遍青山人未老，初心仍在。

王泽伊　将赴香港大学攻读语文教育学硕士

大学四年尾声渐近，却顾所来径，苍苍横翠微。我想我会一直怀念这四年来在师大度过的每一天，在师大认识的每一个人，还有与339一起经历的每一段故事。来日长久，愿我们都能得偿所愿，哪怕长路迢迢，也不改乘风破浪的勇气与坚持。

何金栖　保研北师大文学院中国现代文学专业

初见时，以为四年很长；别离时，才道相见恨晚。感恩师大，你的宽容与赠予，见证了我一路的成长；感恩339，青春的路上，你是最温馨的港湾。

很庆幸，在最好的年华遇见了339的小伙伴们。忘不了我们相约占座的日子，也忘不了我们考试周的相互扶持。想回到我们每一次的聚餐，生日会，甚至某个平凡的追剧的夜晚……曾经的点点滴滴，嬉笑怒骂，如今已是最珍贵的回忆！

不想别离，却不得不说别离。毕业在即，愿我最亲爱的小伙伴们能够更加拼搏昂扬，不负韶光！

苑竣乔　保研北师大文学院现代汉语专业

赵元任先生曾用“大波浪与小波浪”来类比语调与字调的关系，其实用来形容我们寝室也是十分形象的。每个人因独特的风格自成一派，像一个个小波浪，而缘分又让我们凝集在一起，互相成就却又不失本色，共同构成339这个大波浪。最终我们与风霜雨露相伴，一同面对波折前路，即便短暂分离，但终会在大海尽头相遇。愿再相遇时，我们能在各自的领域激起一片涟漪。

李幸雪　保研北师大文学院中国当代文学专业

从2014到2018，师大赠予我的不仅有严谨踏实的学风、低调沉稳的品格，更有可敬可爱的师友。师恩难忘，讲台上老师一言一行的教诲无不是我日后行为的标杆；挚友情深，讲台下室友一颦一笑的模样都将是我珍藏一生的回忆。

启功先生曾说："入学初识门庭，毕业非同学成。涉世或始今日，立身却在生平。"虽然大学四年的旅途已在跌宕起伏中倏然而过，但我们的漫漫求学之路实则刚刚启程。愿我们不忘今日之志，不负今日之情，在人生的诗意中一步一个脚印地走下去。

卫冕　保研北师大文学院跨文化学专业

蝉鸣偷换流年，碧树静待西风，昨日仿佛还站在宿舍门外向内张望，今日就已走到十字路口互道珍重。回首四年大学时光，宿舍桌上的生日烛光摇曳着温暖的笑意、教室前排的相连座位收纳着求知的热情、操场看台的徐徐晚风吹散了窃窃的私语……一幕幕熟悉的画面宛如走马灯，被时间的烛火推动着旋转，一次次出现，又一次次隐去。感谢师大的培育，让我对治学修身有所领悟；感恩你们的陪伴，让我在最好的年华无几辜负。那些我们在师大共度的日子都将织成铺向未来的地毯，在重山复水之中熠熠生辉。"莫愁前路无知己，天下谁人不识君"，毕业在即，惟愿诸君前程似锦，不畏前程，不负今朝。

张丹　保研武汉大学文学院中国当代文学专业

总有人评价我"你四年来的变化真大"，每当这种时候，我就暗戳戳地高兴一小会儿，然后再假装思考一下自己到底变了什么。事实上，在师大念书的这些日子，我每天接受文院老师给予的文学启蒙，在师英爱心社提供的平台锻炼自己，还有强大又贴心的室友们带飞，不进步一些也说不过去。这种变化是趋向行为克制和灵魂自由，这种变化发生得悄无声息，以至于等自己发现的时候，就要和师大说再见了。感谢的话说了太多，只是真的舍不得那些陪我欣赏过这一段旅途风景的人，我就要换乘另一趟列车，勇敢地往前去了。

扫描二维码浏览原文

“何以为师？”这名公费师范生在毕业典礼上给出了自己的答案！

»» 推送时间：2018年6月28日

▲ 张慧同学毕业典礼上发言

6月26日，北京师范大学举行2018届本科生毕业典礼暨学位授予仪式。历史学院公费师范生张慧同学作为本科毕业生代表发言，她讲述了自己的支教经历，以及在北师大学习生活的四年中，从优秀师长身上汲取到的精神力量。

从反复地探寻“何以为师？”，再到笃定地回答“可以为师矣！”她完成了自己的蜕变，向所有人展示了一名北师大公费师范生的成长。

在2018届本科生毕业典礼上的发言

历史学院2018届公费师范生 张慧

各位老师、同学们：

大家上午好！

我是来自历史学院的公费师范生张慧。在发言之前，我想先问大家一个问题：为什么我们是 Beijing Normal University 而不是 Teaching

University？

为了寻找答案，我用了四年的时间。

四年前的夏天，我收到了来自北师大的录取通知书，同时收到的还有那份日后回省从教的协议。摸着北京师范大学6个字，我的内心喜忧参半，仿佛登上了一个无限可能的平台，却又只有一条路可走。我真的愿意当老师吗？带着这个疑问，我参加了赴河南洛阳白元一中的支教。记得支教结束那天，孩子们凌晨四点就守在门口，哭着问我们：还会回来吗？正当我犹豫不决时，一个叫魏玉刚的小孩突然拽掉了我的纽扣，他说："老师，我以前打算念到初三就出去打工，自从你们来了，我觉得念书真好，我要一直念到北京去，纽扣为证。"一席话让我振奋极了，要知道，魏玉刚最初是一个不仅不听课还公然捣乱的孩子啊。他让我明白，学为人师的意义在于教化从容，行为世范的境界是能砥砺无穷。他虽然无法改变留守儿童的出身，却可以通过教育改变以后的命运，而作为别人命运的灯塔，吾又何其幸也。

此后4年，跨越5省，6次支教，近200个日夜，我在一次次支教实践中坚定了为中国而教的信念，却也一次次地问自己：何以为师？郎平学长说：以信念。所以她带领中国女排披荆斩棘，不畏艰难。古丽加汗艾买提师姐说：以情操。所以她愿意从乌鲁木齐调往叶城八中，不计得失。白寿彝先生说：以学识。所以他90高龄仍然笔耕不辍，铸成《中国通史》。莫言先生说：以仁爱。所以当他站在诺贝尔领奖台上时，仍然念念不忘感恩母亲。他们是轰动全国的榜样，但他们也是我们亲切的师长，是和我们同饮一瓢水，共沐一份春光的北师大人！

其实，所谓Normal与Teaching的区别，就是师匠和教师的区别。当老师是一份职业，而成为师匠是一种追求，一种在任何领域都既脚踏实地又敢为人先的追求。想到这里，我不禁心生豪情，因为在师大的四年也成就了我们自己的芳华！回望在师大苦读的日日夜夜，回忆那些打比赛、做科研的点点滴滴，木铎金声的洗礼，朗朗校训的浸润，所有的一切都让我们有了兼济天下的气魄，而非为一蔬一饭的苟且。悉数与师长朝夕相处的岁月，拾忆与同窗齐头并进的时光，双一流的推进，硬件设施的改善，所有的努力，也都是为了让我们能够自信地回一句：可以为师矣！

昔日小苗，今已亭亭如盖。他日重逢，又是桃李芬芳。我们的一生，师大只送此一程，但此后无论山高水长，北师依然是心中最美的模样。

祝愿母校滋兰树蕙，永续华章。

祝愿同窗前程似锦，初心不忘。

扫描二维码浏览原文　扫描二维码观看视频

去哪里？去祖国最需要的地方！45年，这两对北师大伉俪的高原寻梦之路，令人敬佩！

推送时间：2018年7月17日

第一只脚踏上西藏的土地时，吕常宁觉得空气新鲜，天空很蓝。那时他刚刚坐Z21号直达列车，“哐当”了40小时30分钟，从北京西站长途跋涉到拉萨站。沿途路过可可西里、昆仑山和玉珠峰，他好像都没认出来。

这是2016年7月末的事情了，他不记得的事情很多，但记得自己穿了西藏自治区统一发的蓝色冲锋衣。

吕常宁不是来日光城旅游的。他是北京师范大学化学学院2016届本科毕业生，应西藏自治区组织部的招聘，到西藏做一名基层公务员。

2016年7月末，他与女朋友崔小梅在北京惜别，开始了长达一年的异地生活。2017年6月，崔小梅作为北师大化学学院2014级硕士毕业生，去往西藏大学工作。2018年5月，吕常宁和崔小梅在拉萨市达孜县民政局领取了结婚证。

国家哪里需要就往哪里去

吕常宁如今在拉萨市下辖的当雄县纳木湖乡工作，这是他主动向上级申请的。

大四那年，吕常宁曾响应国家号召，入伍做了一名大学生士兵。14年冬天退伍返校，与崔小梅在校内相识，两人互相吸引与欣赏，2016年5月

2日确定了恋爱关系。

2016年毕业之际，吕常宁选择来到西藏，这个决定并不轻松，这意味着他将离开刚在一起两个月的女友，开始距离3718公里的异地恋。

但他没有丝毫犹豫。“国家哪里需要就往哪里去，边疆需要建设，西藏需要发展，我来这儿就是贡献一点我自己的力量。”

吕常宁目前从事的主要工作是管理精准扶贫建档立卡贫困户数据，经常要和各乡镇的扶贫专干打交道。他直言，在工作中能仔细踏实地分析问题，是受到了北师大老师严谨的治学态度的影响，这让他受益匪浅。

他打交道的人中既有汉族也有藏族，偶尔会与本地的建档立卡贫困户接触，这时懂得藏语就尤为重要。他的藏语说得不太好，只会交流一些简单的日常用语。

“若是给2年前的自己说几句，我一定要告诉自己抓紧时间学藏语，上班了真的好忙啊，根本没时间学藏语。还有要坚持擦防晒，小金瓶安耐晒，你值得拥有。”

他调侃自己这两年体型胖了，皮肤黑了：“活脱脱就是个黑胖子。”

避免晒黑是每一个进藏人都需要长期抗争的事。拉萨每年平均日照总时数多达3005.3小时，平均每天有8小时15分钟的太阳，比在同纬度上的东部地区几乎多了一半，人很难不被晒黑晒伤。同时，高原恶劣的气候导致资源环境承载力不足，经济发展受阻，西藏对比中国其他地区相对落后，国家号召支援大西北也已经过了60余年。

次旺俊美和张廷芳学长伉俪就是在45年前进藏的，他们是北师大第一对去支援西藏的夫妇毕业生，45年后，传承到了吕常宁和崔小梅身上。

45年的时空相遇

1972年7月，次旺俊美夫妇花了15天时间从北京跋涉到拉萨，先乘火车到青海西宁，再转乘汽车沿青藏公路一路向西。

他们被安排在西藏自治区师范学校工作，张廷芳在汉语教研组，负责汉语教学工作。当时学校刚刚恢复招生，鲜少有学生听得懂汉语，有学生向汉语教研组长反映：“那个北京姑娘说话很好听，听她讲课像听中央台广播一样，可我们什么也不明白。”

▲次旺俊美、张廷芳夫妇

面对如此巨大的语言障碍，夫妇俩并没有气馁。次旺俊美把生词翻译成藏文，张廷芳上课时再让学生抄到黑板上；他们又编了一套汉文、藏文、汉语拼音三对照的《汉语文》教材，受到学生的欢迎，并且在拉萨之外的地区迅速流传使用。

45年后，崔小梅跟随两位学长的脚步，也走进西藏大学教书育人。今非昔比，当年次旺俊美夫妇吃的是糌粑和面疙瘩，睡的是草垫，如今条件优越了许多。

“张廷芳老师和次旺俊美老师是真正值得尊敬的人，在改革开放初期那样艰苦的时候，选择来到西藏，为西藏大学的建立付出了很多艰辛的努力。我们两口子太年轻，也没有做出什么成绩，无法向全校师生交差啊。”吕常宁提起次旺俊美夫妇，满是崇敬。

两对入藏伉俪的不谋而合，体现在“到祖国最需要的地方去”是毕业去向的首要选择上。崔小梅在毕业晚会的诗朗诵上深情地说道：“四十五年前，师大优秀校友次旺俊美、张廷芳夫妇踏上了科教兴藏的道路，我决心追随他们的脚步——去西藏大学工作，在世界屋脊发热发光。今天的我，即将走出校门，成为和他们一样的人，在西藏的蓝天下实现鸿鹄之志。”

如今，崔小梅在拉萨市市区工作，吕常宁在当雄县上班，相距170余公里，但距离没有把他们分开。一起扎根西藏让这对漂泊在外地的孤独的人心贴得更近，在寒冷的高原互相温暖，建立家庭。

在平凡的岗位上做平凡的事

▲吕常宁、崔小梅夫妇

入藏之后忙碌的工作，没有让吕常宁觉得自己做了什么大的贡献。他自认为做的工作对得起薪酬，也有工作价值，但没有骄傲的资本。

“自己所在的脚下是中华人民共和国的土地，无非就是海拔高点，空气稀薄点，但是你要面对的人和事是大同小异的，没什么特别值得称颂的。”他笑称或许再过很多年，看到自己奋斗过的地方有了巨大的转变，会有欣慰感吧。“我和我老婆都是普通人，在平凡的岗位做着平凡的事，所以二十五年之后再看有没有奉献吧。”

工作之余，吕常宁喜欢做菜自娱自乐，也这是他独到的减压方式。“招呼三五好友，觅得食材少许，厨房叮铃哐啷，佳肴系数装盘，推杯换盏，其乐无穷，人生快哉。”有时候他也会忙里偷闲，自驾出去玩耍，对纳木措、羊卓雍措、南迦巴瓦峰、芒康洒咧营地的景色记忆犹新。

如果当初没有选择入藏，吕常宁可能会选择做一名中学化学老师，生活会和如今天差地别。这两年的入藏体验，把他晒得更黑，也把他磨砺得更为成熟自信。“只有走出了自己的桎梏，看到外面广阔的世界，才能找到自己的定位，做好自己该做的事情，然后获得应该有的成长。”

“归根结底，是生活让你成熟。”吕常宁如是说。

（记者：李可馨）

扫描二维码浏览原文

从“鸟巢一代”到“新鸟巢一代”：北师大志愿者李菊回顾奥运十年

推送时间：2018年8月9日

你还记得十年前的那抹奥运蓝吗？

回顾十年，我们与2008北京奥运会的故事历历在目——北师大奥运筹办工作得到各方高度肯定，2007年5月30日，白鸽青年志愿者协会被授予“奥运先锋”荣誉称号。

2007年7月至2008年7月，北师大白鸽青年志愿者协会先后完成了600多名贵宾陪同及语言服务类赛会专业志愿者和1400多名赛会通用志愿者的招募、选拔、测试、培训工作。

北师大青年志愿者广泛参与奥运前期的“好运北京”，以及2008北京奥运会、残奥会赛事等各项活动，充分展现了北师大学子的青春风采。

北师大志愿者李菊，她带着汶川地震失去亲人的巨大悲痛出色地完成了奥

▲志愿者照片

▲李菊

运会志愿服务任务，被授予“北京奥运会残奥会先进个人”“北京市十大志愿者”“北京市五四奖章”“2008中国大学生年度人物”，并在国庆六十周年的体育方阵花车上接受了全国人民检阅。

从轰轰烈烈到润物无声——志愿服务这十年

十年前的今天，伴随着奥运会开幕式的临近，天安门东侧的奥林匹克大家庭饭店人声鼎沸。当时22岁的北京师范大学学生李菊扎着马尾辫，穿着蓝色工作服，正在饭店大厅里忙碌着。

和李菊一样身着“北京蓝”的奥运志愿者共有170万，他们活跃在奥运赛会和城市的各个角落，将北京变成了蓝色的“海洋”，让微笑成为最好的城市名片。被誉为“鸟巢一代”的他们，正是那届“无与伦比”的奥运会的重要缔造者。

李菊是“鸟巢一代”中的佼佼者，在32天的志愿服务工作后，她被选

▲ 李菊（左四）作为志愿者代表在奥运会闭幕式接受献花和致谢

为12名志愿者代表之一，在奥运会闭幕式上接受新当选的国际奥委会运动员委员会委员的献花和致谢。如今回忆起这段经历，李菊反复重复着“感恩”这两个字。

“我是北川人，08年汶川地震我们家一共走了16位亲人，那个时候氛围特别的压抑。但是同时，每天我也看到很多很多来自全国各地的志愿者和源源不断运到灾区的物资。那我能做的就是，带着一颗感恩的心，做一名奥运志愿者，为奥运做一份贡献来回报大爱。”

2008年被称作“中国志愿服务元年”，灾难见证了中国人志愿精神的勃发，奥运会则在志愿服务的规范化和专业性上树立了样板。李菊从北京大学研究生毕业后选择进入中央财经大学团委工作，将志愿服务变成了自己生活和工作的一部分，常年带领学生们参与各种形式各个领域的志愿服务。

从志愿者到“志愿者的志愿者”，李菊亲历了中国志愿服务的这一段发展历程。在她看来，十年间，中国志愿服务制度日趋完善，专业性逐渐增强，更令人感到温暖的是，它从过去的轰轰烈烈沉淀为现在的润物无声。

不仅是李菊，还有一群与她一样默默奉献的志愿者们，用热情与善良书写着一个个动人的故事。

十年一瞬，2008的辉煌、激情、热血，一伸手就能触及的千万笑脸，不回望，只前行。

扫描二维码浏览原文

在北师大，有一个中文比你好的非洲朋友是怎样的体验？

推送时间：2018年9月25日

不远万里，跨越陆地与海洋，从非洲的一角来到遥远的中国北京，他们与北京师范大学相遇、相识。

语言天才

波罗

Adesina Kehinde Bolu

新闻传播学院2016级本科生

▲波罗

“小时候喜欢Jackie Chan，喜欢Bruce Lee，看到这些东西就感觉被吸引了。还有就是学校里那些中国老师都很好，有刚毕业的大学生，也有工作了20多年的老师。”

波罗学习汉语的经历颇为传奇，相比法语的9个月，波罗5个月就拿下了汉语这个“最难的语言”。除了放中文歌曲创造语言环境，波罗还努力寻求说汉语的机会。在课堂上还有学校的各种汉语活动中，都有波罗和他的朋友积极的身影。班里的有些同学比波罗学习汉语要早半年甚至一年，但是波罗用了不到一个月，就已经超过他们。

在北师大，波罗担任了北师大在非洲地区的宣传大使。他创立了北师大留学生办公室的新媒体团队。很短的时间里，已经拥有二十多名成员，他们来自世界各地。团队创立初期，波罗倾注了很多的心血。

为了加大对非洲地区的宣传力度，让更多的学生了解到北师大，波罗联系了自己在尼日利亚做公共关系的朋友，咨询了他做新媒体平台的经验。仅仅一个月，Facebook 上的关注者就超过了五百人。

虽然身在他乡，但是波罗依然心系祖国。谈及梦想，波罗最想干的就是拍一部这样的纪录片，一部有新闻性质的纪录片，而镜头对准的是尼日利亚。“我们那边这样的片子比较少，像尼日利亚、贝宁这些非洲国家，这方面相对来讲是欠发展的。所以未来拍片必须回去。比如我要拍一个中国的故事，我肯定不如你们。就算要讲得特别好，也只能是从我的角度来，但是你们往往要比我还要好。所以不如我直接回去，我去给你们讲尼日利亚的真实故事更好一些。”

冠军选手

赵之行

Mohammed Elmoiez
Mohammed Suliman Hussain
汉语文化学院 2018 级研修生

“是汉语和中国给了我这次机会，让我知道了什么是中文、什么是中国人，然后接触到更多的来自世界各地的朋友。能有机会了解其他国家的思想文化，自己的收获自然也就越来越多了。”

▲赵之行和他的家人

赵之行与汉语的初次相识得益于父母的影响。母亲是喀土穆大学的中文学院院长，她欣赏中国人身上那股认真而不拖泥带水、一鼓作气的劲儿，对中文有着浓厚兴趣，水平很高。父亲也很喜欢中国，在他任职的石油公司中，有不少中国同事，对中国有较多的了解。

2014年10月高考结束后，赵之行在父母的建议下，选择前往苏丹喀土穆大学就读汉语和英语专业，开启了汉语专业的学习旅程。

2017年，赵之行再度来到中国，第二次参加“汉语桥”比赛。这一次，他代表苏丹、代表非洲大陆冲破重重挑战，最终夺魁。对于夺冠一事，他十分激动，也为自己而感到骄傲。这对他不仅意味着荣誉，意味着以往辛苦学习的肯定，更意味着来到中国留学的机会，这使他离自己的爱好更进了一步。

“汉语桥”的获胜将赵之行推进了北京城的怀抱。他自信满满地投入熟悉而陌生的文化环境之中，带着家人与朋友的祝福，独自迎上接踵而来的挑战。

在北京留学，赵之行学到的第一件事就是独立。没有了家人的照顾，他开始独立处理所有的生活琐事。第一次离家这样远，赵之行却很能适应北京的生活，尤其是饮食方面。他开始探索师大各个食堂的中国美食，并以此作为解锁师大新生活的一大乐趣。他第一个迷上的美食是饺子，曾创下三餐都吃韭菜鸡蛋饺子的记录。饺子是他的“新欢”，而北京烤鸭是他心目中的“白月光”。

“天哪，北京烤鸭超级好吃，我第一次吃北京烤鸭是第一次参加‘汉语桥’的时候，吃完志愿者让我们走的时候，我扒着桌子不想走，就想留在那儿继续吃。”他激动地拍着桌子，回忆着北京烤鸭的味道，脸上是难以抑制的喜悦和意犹未尽。

话剧王子

王储

Steve-Wonder Amakpah

环境学院2017级博士研究生

“了解一个文化最好的办法，就是去做一切当地人所会做的事情。我想知道他们为什么做这些事？我想要感受他们。在中国，这包括打乒乓球，打羽毛球，去开会，做所有这些看起来很小的事。”

▲王储

“我来中国是为了来学习。”王储说。来中国之前，王储一直在工作。直到他的一个朋友，也是北师大最早的一批非洲留学生之一告诉他，中国有很多机会，他也许可以在那里实现自己的想法。

谈到名字的来历时，王储说，开始他的老师直接把斯蒂芬翻译成英语。在知道他的加纳名字的意思是“优雅地戴王冠”后，就给他取了“王储”这个中文名字。

“北师大是令人赞叹的。”王储由衷地称赞道。“我在这里看到了、学到了很多。”当被问起日常参加了什么活动时，王储一开始便停不下来了：“有很多啊，我每周都要学习，也有很多关于中国与非洲的活动，有时候我甚至还会去北京外的会议，带着我的论文进行展示……”

王储的课外活动很丰富，除了在非洲学生联合会工作，他还喜欢从事慈善工作。他曾表演话剧来为慈善事业筹集资金。“我喜欢戏剧……它是我真正热爱的东西。”王储说，将自己的爱好与慈善结合起来，使得从事自己喜欢的活动更加有意义了。

在来到北师大之前，王储尽他所能地去了解中国文化。王储在YouTube上观看了许多关于如何使用筷子的视频，这种学习一直持续到他来中国之后。每次在餐馆吃饭时，他总会观察身边的人，模仿他们使用筷子的方式。“他们怎么握筷子，我就怎么握；他们的手怎么移动的，我就怎么移动。”经过一段时间的练习，王储已经能做到夹住花生不掉了。“我的诀窍就是，你的手不能太僵硬。”王储补充到。不仅仅是筷子，越深入了解，王储就越喜欢中国文化。学习拿筷子只是入门，王储还想学习中国功夫，学习用流利的中文和中国人交流。

他也与我们分享了他学习中文的小方法：找出租车司机聊天。每次坐上以司机健谈著称的北京出租，王储都会抓紧时间练习口语。“我告诉师傅，我要去三里屯儿。”王储用力地发出儿化音。他很喜欢北京的独特口音，也常常模仿它们。他认为这种腔调，是他所迷恋的文化体系中一个重要的组成部分。

（记者：许玮婧、王者、吴璇璇、郭欣瑶、邓睦申、王童宁）

扫描二维码浏览原文

携笔从戎丨我的青春，在军旗上飞扬，淬火成钢只为守护那份信仰

推送时间：2018年10月6日

今年5月，在17级学生顺义军训归来之后，党委武装部发布了原创征兵宣传主题曲《我的青春我的梦》，配合着立身路上醒目的展板，新一轮征兵工作的帷幕正式拉开。据退伍大学生士兵协会副会长欧祥威介绍，今年北师大走了17个兵，其中有2个女兵，征兵人数达到了历史最高，远超往年。

来路

军队对于风华正茂的男孩子来说似乎是一个绕不开的憧憬和理想，这种憧憬和理想大多萌芽于孩提，并伴随着他们整个成长历程。这些从小就渴望着军营的少年曾经以为大学与军旅两不相容，却在强国强军的大趋势和越来越人性化的大学生入伍政策中重燃旧时的梦。

谈到选择参军的原因，他们的回答不尽相同却一样坚定。比如期待“跳出舒适区，去军队锻炼，沉淀自己”的徐扬，或如自言“从小没受过什么苦，想参军入伍锻炼自己”的姚远，再如希望“塑造更好的自己，充实自己师范生的经历，参军归来成为一名负责任的老师”的张玉坤，亦如“先斩后奏”在家长和老师知晓前就已经完成参军报名的吴俊杰，一心去应陆夫子“绝知此事要躬行”的箴言。

▲ 大学生军队

当然也有的梦并没有延续十几年之久。高永强和杨宇的梦始于那本小小的征兵宣传手册从翻开一半的录取通知书中掉出来的时候，硕士生姚安成的梦始于五年前放弃填报军校提前批选择普通大学的十字路口，而耿子林和李林的梦只是源于今年夏天偶然落在手中的征兵宣传单。但时间的长短并没有影响信念的深浅，在了解到种种优待政策和有关于军队生活的相关细节之后，顺利通过了征兵选拔的他们对这个生命的转折期待并且兴奋。

“最美的鲜花，一定是饱经风霜，绽放于高山之巅”，这是蒲廷金的人生信条，大约也是所有热血的北师大男儿的人生信条。这句话于他，于他们而言不仅是一份责任的承成，亦是一份有力的许诺，给自己，给未来，更给家国天下。

希冀

李宁的入伍经历并不顺利，通过体检和复检之后并没有在参加役前训练的名单中看见自己名字的他决定无论如何也不能与当兵的梦想失之交臂。在几次的努力争取和沟通后，李宁才又得到一次面试的机会。当最后老师电话通知他面试通过时，李宁说那是一种无法用言语形容的激动。面对军队新生活，李宁希望能够磨砺自己的意志，变得勤劳和专注。

姚安的入伍经历也颇有些坎坷。这个一开始以为自己已经超过了大学生报名入伍年龄上限的硕士生在之后填申请表时因误填起征地又错过了男兵初检，好事多磨，所幸姚安没有就此放弃，积极联系老师和参谋，早早地在复检时间等待体检，这才最终拿到了入伍的资格。“文明其精神，野蛮其体魄”，这是姚安与同学们共勉的话，期待多年的军旅生涯和怀揣已久的伞兵梦都在前方等待，他已经整装待发。

▲ 参军学生

刘鹏飞即将前往战略支援部队网站基地，面对着将要在此经受体魄和纪律磨练的部队熔炉，他暗暗立誓：“选择了军营，就要甘于奉献；穿上了军装，就要珍惜荣耀；走上了战场，就要冲锋陷阵。”

徐扬即将奔赴广州的武警部队，他相信自己能够跨过两道槛：一是体能上的磨炼，二是自由天性和军队命令的碰撞之间自己需“适应约束自己的过程。”

吴俊杰认为两年时间虽然不长，但却可以获益无穷。他在八月底的役前训练中撒下汗水无数，却感受到一种纯粹带来的幸福。他更加希冀自己经过服兵役这场历练后，能够更加专注高效，收获不一样的友谊。

张玉坤说他想听特种兵教官讲故事，这个对参军充满了期待与兴奋的大男孩甚至还带着小得意向旁人展示他收到的道喜消息。

杨宇已经是一支优秀陆军部队中的一员，除了向自己提出努力报效国家的要求之外，他想送给师弟师妹们六个字：“不抛弃！不放弃！”

赵多吉站在这人生的岔路口讲起父母对他的不舍与牵挂，一字一句间流出的满是温情与感恩。“我觉得其实没啥舍不得的，到了越来越临近的时候，你会发现还是充满着一种渴望”，石佳最后也下了决心。

高永强似乎受着命运的牵引，作为一名新兵被分配到了自己的家乡——武警河北总队石家庄支队。走出象牙塔，他希望能在军队中“锻造自己的性格和心性”，完成那一场“永久的，更是无价的”精神上的转变。

郝启东对部队生活中可能遭受到的挫折与痛苦提前做好了心理准备。“生活就像一盒巧克力，你永远不知道会得到什么。”郝启东这样形容自己的选择，或许无法预料参军之后的酸甜苦辣，但他相信自己能够做好。

耿子林显得更为从容淡定，学习成绩优异的他认为军队生活也不会超出自己的预期。当初被军队高效充实的规律生活吸引的耿子林坚信，既然生命短暂，那就更应该潇洒走一回，且行且珍惜。

这十几个斗志昂扬的北师大学子，为着心中不同的规划与期许，奔赴祖国各地，敬着朝阳与月光。

前路

刘鹏飞知道，两年后的他一定会感谢现在这个勇敢坚定的自己；徐扬希望“以一种满意的状态去迎接今后的生活”，收获更加优秀的自己；姚远送给自己“千磨万击还坚劲，任尔东西南北风”这句话，亦知道自己还有很长的路要走；李林将勇于迎接未知的决心具化成了“正确的事情就勇敢地去做，选择了远方就不要回头”这一句话；蒲廷金也坚信自己“在军营里能够好好奋斗，变得自律而有担当，成为一名更加优秀的人”。

张玉坤对在校的大学生说“好好学习，就是对国家最大的贡献”；赵多吉亦“希望之后会有更多的师弟师妹们加入我们的队伍”。

这些干脆、坚定而有力的师大学子的声音，似乎远比杨宇彼时面前播放的《士兵突击》更让人振奋。

着上军装的17名北师大学子已踏上征程，而他们的路尽处，是星辰大海，永远璀璨。

（记者：郭婧 黄安怡 邱明烨 方崔喆）

扫描二维码浏览原文

扫描二维码
观看我的青春我的梦丨北京师范大学征兵宣传主题曲MV

忠于有趣 | 一个浪漫主义创业者的 3.5 次尝试

>>> 推送时间：2018 年 10 月 10 日

北京的夏天光亮耀眼，大汗淋漓的你扫了一辆共享单车，把刚买的酸奶扔进车前的篮筐里，一边骑车一边用手机下单了一盒水果什锦。用百米冲刺的速度回到寝室，把酸奶淋到水果盒子里，大快朵颐。

满足来得就这么简单。感谢科技造福人类。

但是有人的满足却来自于自己折腾。比如有人大学五年就折腾了 3.5 次创业：线上水果便利店、共享单车 unibike、酸奶自造门店和滤乳清酸奶“自然盒子”。

她叫惊鹿，北师大地理学部硕士在读，一个追求好玩的浪漫主义创业者。

有趣：“我就想把它想做得开心一点”

惊鹿一个人坐在高脚椅上，低头玩 switch，《星露谷物语》的彩色像素小人在屏幕里跳动。头顶暖色的灯光打下来，照亮她圆圆的灰色渔夫帽和毛茸茸的黑色宽松卫衣。在拥挤的星巴克里，她安静专注得像被一个气泡包裹。她抬头，帽檐压着一点细碎的刘海，黑眼圈明显，鼻边有一颗因熬夜而顽强冒出的痘。唯独一双眼睛的闪亮，遮盖了脸上所有疲色，使她看起来充满元气。她眨眼时，周身的泡泡“啵”的一声破裂，对外来的世界完全好奇地敞开。

“惊鹿”这个名字来自そうず的中文译名。这是一种日式园林的取水装

置。竹筒缓缓盛满泉水，倾倒击打在清泉石上，万籁俱寂中“扑通”的水声，使林中小鹿受惊跃走。正如其名一般，惊鹿一直都在追求一种打破常规的趣味。

2013年惊鹿大一，刚入校的新生们兴奋地体验着大学课程、社团生活，惊鹿站在学校小吃街的水果店前驻足思索。在发出对于水果店“又贵又不新鲜”的感叹之后，她和高中同学一起创办了一家线上水果店。几个初到大学的新生聚在一起，凑钱、申请创业基金、进货、购置切配工具，在人大的宿舍里对着一摞一摞的纸箱切分水果，对着微信订单穿梭在人大、北大、北外校园里。那是最好的时代，是“O2O（Online To Offline）最最鼎盛的时期”，是可以“一块钱吃外卖的时代”。各家外卖平台百花齐放，人们的消费触觉被激活，新的商机吸引着“淘金者”们探索。惊鹿他们抓住了水果这个特殊的品类，乘着风口冒险，一点点做大规模。从最开始的宿舍配货到慢慢租下校内厂房和中央厨房，聘请专业的切配师和配送员，做出专属的橘色配送盒。一年下来，水果店的累计销售额达到了140万。

▲ 2013—2014 年线下水果店的一些微信配图和线下团队照片

2016年，她以专业第三的成绩保研，却被一顿热气腾腾的火锅点燃斗志，决定加入创业团队，做出自己的共享单车“unibike”。清新的蓝色调，24寸的小巧车身，更为安全的一体化车篮，画着卡通UFO的挡泥板，惊鹿为这个小小的自行车热血沸腾，为了加班几乎住在办公室。每晚12点结束工作，忙起来甚至到凌晨5点，第二天早晨9点又从沙发上挣扎着扑到办公桌前。这一年圣诞，她骑着自己研发的小蓝车、戴着圣诞帽在中国农业大学分发圣诞礼物。圣诞帽红得像一簇小火焰，暖乎乎地向上升腾。

2017年，她和三个小伙伴鼓捣出一个“酸奶自造”，只做手工酸奶和蔬果奶昔，门店是极简的墨绿和纯白色调，大棵的绿植零星散落。麦片、玫瑰、芒果、香蕉、牛油果，所有的酸奶都是现场制作，把酸奶和水果用破壁机打碎融合，再切上大块果粒，满满一大杯乳白冰凉。“酸奶自造”已经有六家门店散布于厦门各地。现在惊鹿来回于北京、厦门两地，兼顾研究生的学习和新品“自然盒子”酸奶的研发。

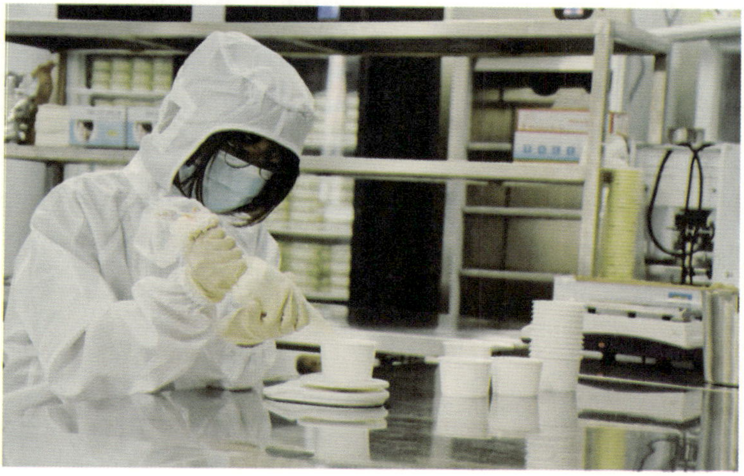

▲ 研发滤乳清酸奶的过程中

寻找“新”和“有趣”是推动她前进的力量来源。或者说不是前进，她追求的不是在路上跑得领先，而是跑得更“有意思”。如果说现实主义创业者是给自己安装火箭助推器，拼命攀登想要到达顶点的苦行僧，惊鹿更像是一个浪漫主义创业者，创业是她在行走路上突然发现的闪亮石子，她蹲下来好奇把玩，记录下奇特的颜色。

她把工作记录画成插画手账；为共享单车 unibike 画了一群独角兽“unimal”，给它们创造出一个仿佛真实存在的小宇宙；把无趣单调的作业涂抹成手抄报，用水彩调出远古文明里玛雅人的红棕色皮肤；给试色时连成一串的彩色色块画上小脚，变成一只长长的毛毛虫。“酸奶自造”门店落成的夜晚，工人切割店牌的铁架，灼眼的橙红火星四溅，她朝着铁锯下一簇簇喷出的火星，大声喊：“谢谢你放的花火！”在决心做出属于自己的滤乳清酸奶“自然盒子”后，推广期几乎是亏本在卖。惊鹿对此也并不恼心，因为她对于未来的要求只是“我不会亏而有一点点赚，会有一些资金让我运转起来别的事情就可以了”。别的事情，比如探索酸奶的新口味，比如让“喜欢的插画师为自然盒子画一次限定包装”。

惊鹿并不把创业当作挣钱的渠道，当价值的定义被拓宽，不限于一杯杯酸奶的金钱售价，“有趣”成为在她的世界中能兑换一切的硬通货。

“我就想把它想做得开心一点！”她说话时手缩进宽松的卫衣袖口里，空荡荡的袖管下摆随着动作上下晃动，呼啦啦，像扇动翅膀的飞鸟。

对于惊鹿而言，“开心”和“真心”是等号的两边。

“我目前做自然盒子，这是一个很真心的事情。想做我自己的品牌，然后去做一些很好玩很有意思的事情。这是我的初衷，也是我真心想做的事情。”真心就是做自己想做的事情，不矫饰，不包装。从线上水果店里新鲜的水果，unibike亮亮的小蓝车，到酸奶自造的新鲜果昔，自己设计的自然盒子包装，都是她真心的一部分。“想要做什么就去做，人不能想太多，否则就看不到最原始的美，就无法以最赤子的心态去迎接快乐了。”

惊鹿说，她有一个记了很久的梦：

“昨晚做了一个梦，梦到找不到我的渔夫帽。我把家里翻了一遍，找不到，走出门到处去找渔夫帽，最后在西北路口一个可回收垃圾桶里面看到了我的渔夫帽。我刚要伸手去拿，就有个声音对我说：‘你要拿真心来换你的渔夫帽。’我想了很久很久很久很久都没有做出决定。醒来就很唏嘘，觉得是不是长大以后我们都可能拿真心换了一次东西。”

▲ 惊鹿《第四纪环境》的课程作业

惊鹿在梦里没有做出交换真心的决定，现实中，她也同样仍然捧着真心继续奔跑着。

行动：想要做什么就去做

走在与大多数人不同的道路上，惊鹿却从未觉得自己有多特别。她喜欢在宿舍一集一集地重看已经看过十几次的《蜡笔小新》；沉迷玩 switch，有闲暇间隙就要摸几下；拖延症发作时，对着还没动手的作业撒谎："啊我快做好了"；无聊时，用幼儿园画风涂抽象的动物和小人。

她甚至害怕别人说她是特别的人，"因为……因为其实我不是。所有我们觉得我们的不同啊，往往都是扎根在各种人的相似之中。"她把自己的起起伏伏、跌跌撞撞，形容为"你们也能做只是没有去做的事"。她只是走出了困住大多数的人的第一步，然后就慢慢走了下去。

她选择走，因为春光太好，前方有趣，而行囊正轻。

"人类新的灵魂来自于新的经历。时间不是成长的证明，经历才是。"这是惊鹿给她的2015年写下的总结。

新奇的经历正如闪闪发光的宝藏，但我们深知通往宝藏的小径陌生、偏僻、艰难。惊鹿却马上甩上行囊，因为她知道"目前是最好的一个阶段"——脱离只有唯一既定目标的高中时期，没有家庭负担和现实束缚的大学阶段。而且她更清楚地知道"这个时间其实不长，你不要以为它是一辈子，你很快就会面临身不由己的阶段。"现在是最好的青春。年轻的失败，就算惨痛也还是可以回头。

她笑得满不在乎，掰着手指说："预设一个最惨的结果，比如说自然盒子最惨的结果——没人买嘛！或者大家觉得不好吃，就觉得'唉你不行嘛'，就这样！"她把摊开的双手干脆地拍到一起，"那你想想可以接受吗？可以接受……我不会为还没发生的事情感到害怕，去做就好了。"

她勇敢得像第一次远航的年轻水手。但事实上，三次创业，她已经两次败于大资本的补贴战中。

线上水果店——20人团队，最高日销售额达到8000，年销售额累计140万。

共享单车 unibike——获得352万用户，路演融资第一轮得到100万天使投资，融资第三轮一亿元投资；王源、易烊千玺和郭敬明曾在微博上放出骑 unibike 小蓝车的照片。

这是曾经的巅峰，如今都已经成空。线上水果店被另一家校内连锁水果自提店打倒，unibike 被资本兼并压垮。无用库房的租金，无法抛售的切配机器，退还充值卡的金额，至今还在处理的 unibike 用户的押金退还……市场激烈竞争的巨浪打来，留下满目倾覆的小船。但她摇摇晃晃地又浮起来，拍拍灰，说："我还好好地活在这里，也还好，没有什么。"

不是没有人对惊鹿说："不要折腾了，回学校好好念书吧。"

但是，一张红色的纸，上面零星散点着黄橙蓝绿的小点。问人们看到了什么？人们会说，这是一张红纸。惊鹿说，不，其实它不是。

学生的身份也是如此。大块的红色代表学习、科研，黄色可能是创业，橙色可能是恋爱，蓝色可能是娱乐。人们以看到的、经验中的最大部分去代表全部，却不仔细去了解。每一个身份都可以很多元，每一个人都可以找到属于自己的色彩。就像，插画、地理、创业、开店、北师大，这些几乎不相交的跨界词语，却在惊鹿身上融成一个色彩斑斓的奇妙世界。

不惧怕失败，不惧怕刻板，也不惧怕缺憾。惊鹿从不为出发而犹豫。"计划赶不上变化，这句话是非常非常正确的。你真的赶不上，你真的不知道会发生什么。那你就一直调整，边走边调整。"她捉住每一个闪光的瞬间，追逐着前行。她知道生活没有最优解，很多决定难分对错，当下能做出的选择，那就是最好的选择。

翅膀：校与家

惊鹿在海边长大，海风从平朗的海面吹来，无阻无碍，满是自由气息。海边人扬帆探索的勇气仿佛流淌在城市中每一个人的血液里。

她在这座城市做过无数趣事。因为电影《疯狂的赛车》拍摄于厦门，所以她截图下熟悉的场景，兴致勃勃地穿梭在厦门的街头巷尾，去寻找电影的记忆。或者有时突然没来由地在街头和陌生人搭讪，以突然的问句开头，神神叨叨，却也好玩。

回到家，爸爸在照顾满屋茂盛生长的绿植，桌上摊开的是他抄记中国历史的读书笔记，家里的德国黑背犬在身边打转，用湿漉漉的鼻子亲昵地蹭来蹭去。“都行都行”的家庭氛围助长她的自由枝蔓。没有固定的期望和霸道的管束，父母对惊鹿唯一的要求是“开心、稳定”。

所以，惊鹿瞒着父母做了很多有趣的小事。

小学时，她把家里的书都登记在一个小本本上，变成一个大家都可以借阅的“图书馆”。充五块钱可以有五十点，可以借五十块以下价格的书，想要更贵的书就要再充值，或者也可以直接用书来等额交换。幼稚又新奇的游戏，“就很多人来充，很多人给我书，然后很多人来借，就很开心”！惊鹿的眼睛亮闪闪，好像眼前又看到一张张皱皱的零钱和稚嫩的笑脸。又或者因为喜欢画画，自己用纸笔描画出纸上游戏，和现在的网络角色扮演游戏一样，画上每个人物的属性和探索的地图，吸引了好多忠实玩家。她还搜罗起家里零碎的小东西，做五毛一次的小抽奖。这是她童年折腾的游戏。

而2018年3月的一个傍晚，惊鹿走在海边，“做一款属于自己的酸奶”的念头击中了她。她冲到嵩屿码头看了那天的日落，红得和曾经高三时的无数个傍晚一样，鲜艳、光亮、充满向往。

“你认为‘自然盒子’已经是一个成功的产品了吗？”

“现在只是初期，不能定义。而且……成功与否这种东西，你非常难评价的。就，你要怎么定义成功？而且我也不是以它成功为目标在做它。”

“那你认为‘自然盒子’是一个成熟的产品了吗？”

“它会一直更新。就像我们人类也不会说你到现在就差不多了吧对吧？（笑）我会一直去学新的东西，一直改变。”

这是惊鹿说“自然盒子”，就像在说她自己。永远满心好奇，永远不停折腾。

（记者：周燕琪 邱明烨）

扫描二维码浏览原文

90后徒弟眼中的“80后”师父——写在顾明远先生从教70周年之际

推送时间：2018年10月16日

2015年，我有幸拜在顾明远先生门下攻读博士学位。今年，我顺利完成学业，又适逢先生90岁诞辰暨从教70周年，觉得有必要写点纪念性的文字，但对于写什么却有些犯难。

▲ 顾明远先生和作者在论文答辩会上合影

论忆先生往昔峥嵘岁月，李敏谊、滕珺两位师姐整理的《顾明远教育口述史》（北京师范大学出版社）早已完成了这一工作。而且，自我追随先生左右至今也不过三载，自己对于先生过往的了解都主要源于此书，若如今也跑来对先生的旧事高谈阔论实为可笑。

若是以一个研究者的身份，从学理的角度总结、评述先生的教育思想，我又自感才疏学浅，难以胜任。况且北京师范大学教育学部最近已组织专家出版《顾明远教育思想研究》（教育科学出版社），该著作显然更具有阅读价值。而单纯歌功颂德的东西，且不论我最为不愿写，先生本人也是向来极为反对的。他常常将《老子》中的一句“信言不美，美言不信”挂在嘴边勉己勉人。

思来想去，我决定还是做点力所能及的事吧——记录一下三年来跟随先生学习做人、做事、做学问中发生的二三轶事，对别人而言虽说不上多大意义，但我认为多少还是有益于人们认识先生的。

“80后”的师父收了“90后”的徒弟

▲ 顾先生用放大镜给学生看论文开题报告

我是理科出身，本科学的化学专业，硕士才转入教育学。因此坦诚地讲，在2011年开始着手备考北京师范大学比较教育学专业的硕士研究生之前，我对于先生一无所知。

第一次注意到先生的名字是在2012年年初通过初试之后，在准备复试时，从一系列比较教育专业书籍中知道他是中国比较教育学的重要奠基人（很多人将先生称作“中国比较教育之父”，但先生本人其实并不喜欢别人这么称呼他）。后来发现，先生的造诣并不限于比较教育学领域，而近乎涉足了教育学的所有分支且均有建树，并主持编写了《教育大辞典》《中国教育大百科全书》等一系列大部头的教育学工具书。但整体而言，先生在我心中的形象并不具体，只知道是位“大佬”，那是一种无法让人具体感知的伟岸，像“佛”一样不可见、不可知。

在学院的开学典礼前一晚，一位室友神秘地告诉大家：“听说顾明远老师会出席明天的开学典礼。”接着，他又说：“你们知道吗？顾老师还有微博呢，叫‘教育老兵’。”大家的第一反应自然是诧异——一位年至耄耋的老人居然还用微博，之后便是各自掏出手机“窥探”先生的动态，发现最新一次更博是在9月3日，当日发了两条状态。

一条是“今天新学年开学了。祝在新学年里学生们能够真正享受教育的幸福”，另一条是“悼念华东师大瞿葆奎教授，又失去了一位良师益友。我们的时间也不多了，要加倍努力”。一句“我们的时间也不多了”让人不禁陷入人生苦短之无奈，而随后一句“要加倍努力”却又是一番“老骥伏枥，志在千里”的豪壮。那种五味杂陈的感觉至今令人难以言表。

此后，我隔三岔五就会翻翻先生的微博，发现他在9月9日回复了一位网友对于3日那条新学期祝福微博的评论。该网友评论道："开学的前期是黑暗的，对于一个没上本科的学生求学的道路是难熬的，面对的是别人的不屑和嘲笑，高考是不公平的。"

先生回复他道："不要难过，当初我也是落榜生（根据《顾明远教育口述史》的记载，先生曾在1948年的高考中报考了清华大学的建筑系和上海交通大学的运输管理系，但均落榜，在小学执教一年后方考入北京师范大学）。只要努力，不要自暴自弃，办法总比困难多。"

先生一般一星期左右更新一次微博，除了种种节日祝福，偶尔"晒"一下自己养的花花草草，其余主要都是对当下教育问题的简短评议。每次读先生的文字，总能感到他对教育事业发自内心的爱，以及一种历经千帆之后才有的恬淡。（遗憾的是，由于《钱江晚报》在2014年刊登了一篇曲解先生言论的文章，先生欲借微博澄清事实以正视听，却遭到许多不明是非的网友的恶意攻击，自此停止更博。）

我第一次与先生有近距离接触是在读硕士二年级的时候。当时我担任北京师范大学教育学部的学而书院国粹传承协会会长，组织了一届学部学生书法比赛。我知道顾先生在书法方面有相当的鉴赏力，加之又是学部顾问，便邀请他担任评委。评比结果出来后，许多获奖者表示希望能让先生为他们颁奖。由于是一个小型的社团活动，而且为了尽可能不麻烦先生，在经得先生同意后，我组织获奖者到先生办公室举行了一个简短的"颁奖会"。

先生见到各位获奖者非常高兴，说："很高兴看到大家喜欢书法，你们很多人写得很不错。以前我们师范大学每年都要搞'三字一话'比赛，师范生的字是最漂亮的。现在大家都用电脑打字，越来越不重视练字了。我觉得这不对，即便有电脑也得练字，至少你得签名吧？当老师的写得一手好字，学生对你的印象就是会不一样。而且书法也是我们的优秀传统文化，我们应当传承下去。"

活动结束后，大家提出想与先生合影。他欣然答应，并指着墙上挂着的一幅《礼运·大同篇》说："这幅字是我写的，我们站到这里照吧。"然后谦虚地说："我没事也喜欢写写字，但是写得没你们好。"

也就是这次活动，我获得了与先生的第一张单独合影。先生在我心中的印象不再那么遥不可及，而是变得非常和蔼可亲。即便如此，我也不敢奢望有朝一日我会成为他的学生。

然而就在一年后，这种从不敢想的好事还就不偏不倚地落到了我头上。先生每天自称"80后"，而我成为了他第一个"90后弟子"。

师父的"严"只有徒弟才知道

我想，很多人都会好奇，像先生这把年纪、这个地位的人，真会给我这样一个小小的研究生以学术上的指导吗？我可以很肯定地说，他跟其他博导别无二致，甚至比很多博导还能"导"。

我博士入学第一天，他就给我列书单，告诉我："一定要多看书。虽然研究教育，但不能仅仅看教育方面的书。理解教育先要理解它背后的历史和文化。你要看看西方哲学史、文化史。虽然我们主要研究别人的教育，但先要对自己的教育有了解，所以你还要读读中国教育史。"

我当时觉得只是说说罢了。然而到了第一个学期结束的时候，有一天晚上我突然收到他老人家的短信："小丁，这个学期结束了，你该交作业了，把这学期看过的书写份读书报告给我。"这可真是吓出我一身冷汗！因为我压根没翻几页！我只能赶紧加班加点，囫囵吞枣地看了几本书，对付了一份读书报告交差。他看完后回复："读书报告写得不错，梳理得挺清楚的，下面看看亨廷顿的《文明的冲突》。除了学术，其他文化艺术方面的书也要多看，比如看看莎士比亚，提升一下自己的文化修养。"所以说，先生不仅管我，管得还很"宽"！

"博一"下学期刚开学，先生就开始将论文开题提上日程，不仅早早就让我着手选题，撰写文献综述，还定期检查我的功课。在很多同学都还没定题时，我就被他"逼"得写完了开题报告。

去年，我在哥伦比亚大学访学，原本计划今年3月回国前给他论文初稿，自认为时间充裕，所以每天优哉游哉。结果到了去年11月份，他又突然跑来“恐吓”我，发微信让我年前把初稿交给他。这一杆子就把我的“死期”（deadline）提前了足足三个月！在随后的两个多月里，我真是寝食难安，醒着写论文，做梦还在写论文！其结果就是，我又在很多同学论文还没影儿的时候，就被他“逼”得写完了全稿。

所以说，大家每次提到先生总是说他怎样怎样平易近人，怎样怎样慈祥和蔼，那是没见过他老人家严的时候！

我是踩着截止日期交的稿，也就是除夕当天，他用邮件回复道：“我眼睛不好，得让我慢慢看。”我原本想着，先生不可能大过年的给我看论文，可以趁机逍遥两天。但是，在大年初二，他就给我回了邮件：“论文草草地看了一遍，意见详见文中批注。”也就是说，他真的是“反人类”地在除夕和大年初一给我看论文，而当我打开他返回的文件时，发现他明显在“撒谎”！他连我文中的错别字、病句、标点符号使用不当都一一标出了，也能叫“草草地看了一遍”？真的难以想象，一位年至九旬的老者，是怎样做到在大过年的时候用两天时间仔细阅读完学生一篇二十余万字的学位论文的。

我不禁又想起开题那段时间，有一天一大早走进先生的办公室，发现他已经开始工作了。他正低着头，双目随着手上的放大镜缓缓地在我的开题报告上游走，而且专注得连我进屋都没有意识到。我清楚地记得当时有一缕阳光照进他背后的窗台，照得他满头银发一闪一闪。那一刻，我有些泪目。

我想，这就是启功先生说的“人师”吧——无论成就多大，无论地位多高，他永远没有忘记自己首先是一位老师，教书育人永远是自己最首要的工作。

一曰慈，二曰俭，三曰不敢为天下先

先生是名副其实的严师，但也是当之无愧的慈师。他在学业上对我严格要求，生活上则对我疼爱有加。先生平时有什么好吃好喝总是惦记着我。我每回回老家，他总是要塞一些东西让我带回去给父母。

前年，家父来京看病。先生听说了，跟我说："那这段时间就别管我了，好好照顾你父亲。"然后欲言又止地说了句："有什么困难尽管开口。"晚上，先生给我发短信："好好给你父亲治病，不要担心经济问题，有需要跟我说。"在那之后，先生隔段时间就要询问我父亲的病情，并且反复强调要我"有需要就开口"。我现在每次跟母亲说起先生对我的一些关照，她都要对我感慨一番："你真是遇到贵人了，顾老师真是把你当自己亲孙儿了。"

"没有爱就没有教育"是先生时常挂在嘴边的第一教育信条。对学生的挚爱是他从事一切教育理论和实践工作的出发点和归宿。正因如此，他不仅执教杏坛数十载，笔耕不辍到如今，而且长期致力于开展、支持教育公益事业，是一位著名的教育慈善家。

自1996年起，他每年捐出自己的部分工资用以资助10位北京师范大学的学生，坚持至今且不断提高捐资力度。1998年，先生荣获曾宪梓师范教育一等奖，随即将奖金悉数捐出，发起成立"顾明远教育研究发展基金"。20年来，基金从无到有，从小到大，从当初先生的个人捐赠到如今社会各界的共同支持，先后筹集到公益资金千余万元人民币，在我国教育领域树立了一面公益事业的旗帜。2014年，先生荣获吴玉章奖终身成就奖，并将获得的100万奖金全部捐出。前不久，北京师范大学授予先生"四有好老师"终身成就奖，并奖励100万元。先生又一次将奖金全部捐出，用以支持青年教师的发展。除了自己从事教育慈善活动，先生还通过各种形式对社会各界的公益活动给予了大力支持，如出任"授渔计划"名誉理事长、"中国青少年艾滋病防治教育工程"领导小组组长等。

在"学为人师"之后，启功先生还有一句"行为世范"。说顾先生在接物待人方面堪称后生楷模绝不为过。

他与夫人周蕖先生的身上都有着老一辈人特有的那种纯粹与质朴。先生家中至今还是水泥地，摆放的全是几十年前的老式家具，天花板毫无装饰地挂着最简单的灯泡。每回与先生夫妇用餐，二老都强调一定要"光盘"。我记得有次师门聚会，弟子们切蛋糕，二老指着蛋糕外圈套着的包装纸说"哎呀，上头还沾着很多奶油，别浪费了"，说罢急忙拿起刀叉抢过包装纸开始往自己盘里刮。

2016年8月，中国教育学会比较教育分会和北京师范大学联合主办第十六届世界比较教育大会。该会有“比较教育学科的奥运会”之称。这是世界比较教育学会联合会成立40多年来第一次在中国举办该会议。先生在开幕式致辞中言道：“我终于在有生之年看到了世界比较教育大会在中国召开，很多老先生都故去了，我还以为我也等不到今天。”然而，即便是先生期盼了一辈子的盛会，我事后看媒体发布的现场照片时却发现，先生手中的致辞稿竟然是用回收纸反面打印的。我当时发了一条“朋友圈”感慨先生的节俭，一位师姐回复道：“他习惯了。”

▲ 顾先生在第十六届世界比较教育大会开幕式致辞，手中的致辞稿用回收纸反面打印

我跟随先生读博的三年时间里，多次陪同他到全国各地参会、访问，先生对于吃喝住行从不提任何特殊要求，反倒是总强调让对方订“经济舱”“二等座”“标间”“工作餐”，甚至以不答应就不去“相挟”。

记得有次出差，我看见桌上有盘先生喜欢的凉菜，就跟边上的陪同人员小声说先生喜欢这道菜。没想到他马上就“出卖”了我，赶紧把那道菜转到先生面前，说：“听丁博士说，您喜欢这道菜。”先生立刻说，“别听他胡说”，同时瞪了我一眼。我这可真是“拍马屁拍到了马蹄子上”，吓得我后来再也不敢在饭桌上抖这种机灵。

每年数十家单位、个人请先生题字，先生可谓有求必应。有次在湖南访问一所农村小学，校长希望先生为该校题字，先生写罢后，随行的老师们也都纷纷上来求字。眼见着人越来越多，我怕累着先生，就想帮他挡挡，结果我反倒是被先生给挡了下来。

后来有一次在济南出差，又发生类似的情况。事后私底下我就忍不住跟先生说：“以后这种情况您该拒的就拒，别累着自己。”结果先生说：“写几个字有什么累的，而且我这是拿他们的纸练字，在家里我还没这么大的桌子拿来练大字呢！”

要先生的字不难，但是他定了一个规矩，那就是不接受任何形式的润笔费。每当有人要给润笔费，他就说：“我又不是书法家，要什么润笔费。”如果别人执意要给，他就立刻“翻脸”：“那这字你就别拿走了！”有一次，上海一所学校找到我，想求先生为他们题字。或许他们早知先生不收润笔费的规矩，于是表示愿意给顾明远教育研究发展基金捐款。我告知先生后，他回复道：“题字可以，但是写字不收钱。捐款不与写字挂钩。”

今年暑假，一位校长联系我向先生求字，并委托我把字快递给他，且叮嘱我邮费到付。由于我回老家休假了，便告诉先生我在网上下好单，快递员会上门取字，邮寄信息我已填具，届时告诉他邮费到付即可。取件后，先生微信回复我：“字已寄出，邮费已付。”我说：“人家向您求字，哪有还让您出邮费的道理啊！”他回复道：“每次给人写字都是周老师（即先生夫人）帮我到附近邮局去寄。没有不付款的习惯。”

先生从教70年来，在学术界和实践领域都做出了不可估量的贡献，但始终为人低调，从不宣扬自己的成就。

今年作为先生两大纪念日，我们本应当好好庆祝一下，无奈他坚决反对。后来我们提出不搞庆祝活动，办个顾明远教育思想研讨会。他早已看透我们那点“花花肠子”，表示“同学之间研讨些问题可以，大家趁此聚聚”，但反复强调“千万不要搞歌功颂德的活动”，“第一不请领导，第二不请媒体，第三不请比较院（北京师范大学国际与比较教育研究院）以外的人”，并在工作群里叮嘱院长要把好这个关。后来大家劝说，既然是学术研讨会，不请学院以外的人不妥，先生才勉强收回第三条，但对于前两条，任你们怎么“花言巧语”，他老人家就是“油盐不进”。

苟日新，日日新，又日新

先生是我国第一位引进“终身学习”理念的学者，而且身体力行地践行着这一理念。他对于新鲜事物从来不持任何排斥态度，而是常怀好奇之心、学习之心。

他70岁才开始学电脑，但如今可以熟练使用电脑进行办公、写作，用起 ipad、微信、微博、在线支付、表情包等“时髦产品”样样不落于人后。先生常说教师不仅要定期进行专业技术进修，还要不断深入了解年轻人的世界并向他们学习。

在一次对话活动中，他言道：“现在很多的网络语言我也不会，也需要不断学习，跟学生沟通你不会网络语言可不行。”

先生如今依旧坚持全职工作，从教70年来从未间断过对教育问题的思考与探索。他每年发表论文或著作十余万字，赴全国各地举办讲座、报告数十场。

作为国家教育咨询委员会委员、第一组“推进素质教育改革组”的组长，他带着对教育事业不减的爱和执着，至今还奔走于祖国的大江南北，深入一线考察各地教育存在的现实问题，以为国家的教育决策提供依据，并基于实践不断反思和修订自己的教育思想与政策主张。

正如王英杰教授（先生培养的我国第一名比较教育学博士）总结的：“从不间断地学习，不断发展、修订和完善自己的思想，使顾明远思想具有了发展性、开放性、创新性、批判性和现代性。”

吴玉章终身成就奖颁奖辞称赞先生“学术无愧人师，德行堪为世范，乃新中国当之无愧的人民教育家！”

高山仰止，景行行止；先生之风，山高水长。

此生有幸成为先生的弟子，感慨、感动、感恩！在此，学生愿先生健康长寿，学术永葆青春，顾明远教育思想薪火相传！

（作者：丁瑞常）

扫描二维码浏览原文

BNUer 小骄傲！我的体育，是“奥运冠军”教的！

推送时间：2018年11月19日

看“吊环王子”变身“体育先生”

——记奥运冠军陈一冰北师大从教二三事

北京近郊的初冬午后，依旧泛着金黄的树叶在风中起舞，飘动着几许寒意。而在刚启用不久的昌平校园体育馆健身房里，却仿佛氤氲着一汩汩偌大的暖意：虚掩着的实木大门，似乎怎么也挡不住学生们热情满怀的盼望。只见一个矫健的红衣少年，推开教室的门，那一瞬间，掌声轰然响起！

没错，这就是传说中“不做剁手党，订好闹钟半夜起床上网去抢课”的“冰粉儿”们，对他们钟爱的“冠军”老师——陈一冰最质朴而又最珍贵的敬意！

从教的初心：母校老师为我注入“心”能量

“直体向后慢翻上成直角十字，再压成水平十字，接着压成倒十字。有一根看不见的绳子把身体轻轻拉起来，立感鲜明。屈体前翻两周，成水平支撑。全身后摆，屈体前翻，在环中成十字支撑，后摆成水平十字，直体后翻两周加转360度下。站！”解说员停顿了一下，不由地说了一句：“漂亮！”

▲ 陈一冰带队参加母校健身跑活动

这是2012年伦敦奥运会体操男子吊环决赛的现场，刚刚完成难度系数为6.8分的动作的，28岁的“吊环王”陈一冰。

解说员话音刚落，只见陈一冰落地时稳稳地站在垫子上，全场掌声雷动。他举起双臂，吐出舌头，眨了一下右眼，又眨了一下左眼，接着高高地把手臂举起，手攥成拳，抬头向空中呐喊。最后，他抚摸着吊环架，重重地亲了一口。

“体操已融进了我的生命里。”一冰的眼眸里透出冰晶石一样璀璨的光，他孩提般淳朴的笑容，如初春的斜阳裹挟着暖风迎面而来，记忆的话匣子就这样顺其自然地打开了。

“退役后本有很多选择，当国家体操队的教练、成为一名成功的创业者、体育明星……选择回归母校教书的初衷是什么呢？”小编问道。

陈一冰粲然一笑：“回归母校当老师，我多么多么幸福呀！”

在一冰的眼里，北京师范大学是一所“学术开放、精神自由”的大学殿堂，这所始于1902年京师大学堂师范馆的古老学府，有着深厚的文化底蕴和浓郁的学术气息，以及在教师教育领域领先的旗帜地位。

除此之外，母校对于一冰来讲，有着特别的恩情。

“除了扎实的基本功之外，是我的导师，体育与运动学院院长殷恒婵教授和她的团队，通过竞技体育心理辅导的专业技术，让我一步一步走向了冠军的领奖台。”一冰坦言在每一次重大赛事之前的心理调适，对于比赛水平的正常发挥非常重要。刚开始觉得“运动心理学”很“玄乎”，甚至有

▲ 在家里，一冰是靠谱的爱人，更是温暖的爸爸

点排斥，直到被殷老师团队的专业技术和敬业精神所动容，“导师用各种先进的心理调适手段、积极正面的暗示等为我注入一种我性格中缺少的‘霸气’，让我 hold 住全场。”

是的，每当回想起一冰在世界的“舞台”上，胸中有丘壑的自信和飒爽——仿佛每一个高难度的动作都是他麾下的干将，俯首帖耳地顺从最高标准的技术要领。那份从容自如地排兵布阵，充盈在眼前的尽是健康之美，不需血脉偾张，声嘶力竭，只需随他一起，优雅地将世界拥抱在空中！

怀揣一份感恩的心，一冰选择回报母校。他说要把“积极阳光的心态、团结协作的竞技体育精神”的火种，播撒在更多的学生心中。“学为人师、行为世范”，现在的师大学子将来成为“人师”之后，会把种子播撒得更宽更远，“健康中国”的目标就一定能实现！

“被求拖堂”的课堂：从“吊环王子”的“飞行梦”讲起

小编有幸随堂采访，发现一冰的课堂洋溢着欢乐的每一分钟，都是被学生极为珍视的。每每到课间休息或者课后，一冰总是被同学们“围追”问他的成长故事，甚至多次被要求拖堂：“老师，指针走的有点快，还没有到下课时间呢，再上一会儿吧……”

如果说“运动与减脂塑形”这门课是一冰精心准备的一道“健身大餐”，那么世界冠军的成长故事，如同一道香气扑鼻的饭后甜点，总能不断地激活学生们求知的味蕾。

陈一冰是早产儿，年幼时体弱多病，父母便在他5岁那年把他送入了体操馆，希望能让他强健体魄。陈一冰自小就表现出了在体操上的天赋。10岁前他一直在天津业余体操队进行训练，在许多国家级体操比赛中拿了好名次，1994年底被教练选入天津专业体操队。2001年，又通过代训的方式进入了体操国家队。

从1996年开始，陈一冰体操生涯里最看不见未来的日子来了。1996年到2004年这八年间，他开始有了比赛任务，却一点成绩也没有，“那是我最痛苦的时候，就是那种感觉，好像一下子没有了目标了，看不到自己每天辛苦的训练是为了什么，没有意义，没有目标，没有自信”。亲友们善意的关心都会让他陷入窘迫，“不知道该怎么去回答，窘得想找个洞钻进去”。那时他无数次想过放弃，世界冠军在他看来是个遥不可及的梦。陈一冰能坚持继续训练，只是因为他想要证明“我能行”。

在那段日子里，陈一冰坚持每天都要比别的伙伴多训练两个小时，5点就起床，18点队内收操时，他默默练到19点甚至更晚。他掉过眼泪，最惨的一次甚至是“流血流汗，鼻涕哈啦的”。他也想家，2001年到2008年，7年都没有回过家。这段艰难的时光磨炼了他的意志，夯实了他的基本功基础，为他日后成为“吊环王”打下了根基。

22岁那年，陈一冰拿到了他人生中第一个世界冠军，自此到退役，他

▲ 陈一冰在给学生上课

从未掉出过世界体操第一梯队的行列，统治吊环这个项目长达6年。2006年和2007年的体操世锦赛上，他连续问鼎吊环冠军；2008年北京奥运会，他一举拿下吊环冠军和团体冠军，从此被誉为“吊环王”；2012年伦敦奥运会谢幕战，陈一冰完美发挥，却只拿到了银牌。

体操大项里，吊环一直是个很难“赢”的项目。因为比赛中的失误很难，单杠、鞍马都有可能中途摔下来，吊环则不会，它更多的比的是克制，比谁的身体姿态更平整优美，更有韵味。

要想成为顶尖的吊环运动员，仅仅训练是不够的，还需要天赋。陈一冰的身体感知能力超乎常人，一般人坐过山车时早就分不清东南西北，而他可以清楚地知道自己的朝向方位。这使得他在吊环上做动作时，可以精准控制自己的每一块肌肉，稳稳地在旋转后停住，完美地做到横平竖直。

一冰告诉小编，他十分享受这种在空中飞翔的感觉，飞行员是他除了体操之外的又一个梦想。他曾在2014年参加真人秀栏目《防务精英之星兵报到》，其中有一次机会可以体验空军任务，他笑称两个多月的录制时间中，只有那一次他拼尽全力，只为了争取飞行的机会。

如今，一冰已经“梦想成真”，在创业者、大学老师、父亲的角色切换中游刃有余。而那颗“想要飞得更高”的种子，将载着“育人”的翅膀，飞向辽阔的远方。

最高的“加冕”：成为学生心目中的好老师

如今，他又“第一个”去昌平校园上课，真是暖透了BNUer的心窝！

与他比赛中坚毅、霸气的神情不同，陈一冰在课堂上温柔可亲、细致入微，如同邻家的小哥哥。课上，陈一冰实现每个动作都是轻松自如的，而学生们常常需要咬牙坚持。

在每个“高难动作”的小间隙，教室里都会传来一声整齐的长长的悲叹和清脆的倒地声，陈老师就总是无奈地说：“也没有这么累吧。”同学们便拼命与陈老师争辩：“真的很累啊！”偶尔，陈老师也会顽皮地假装身体晃动，借此鼓励同学们：“老师也不一定能做到，你已经很棒了。”

教室里时常哄笑起来，浓浓爱意仿佛吸吮了所有汗滴，同学们就在不知不自觉中，学会坚持，去抵达自己的极限，在生活和学习中也自然变得更加勇敢，愿意去迎接更多的挑战！

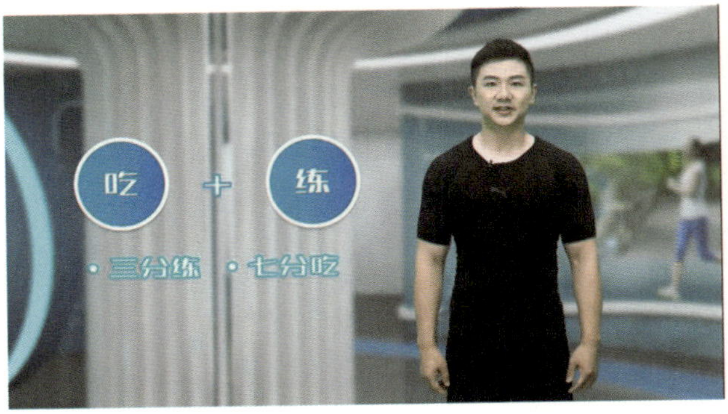

▲ 一冰老师线上讲授《运动与减脂塑形》

——“一冰老师，你有一张帅气可爱的脸，为什么还能有那么有趣的灵魂！超爱你！”

——“一冰老师，好想知道你是什么血型？噢，不必测，你是完美型！”

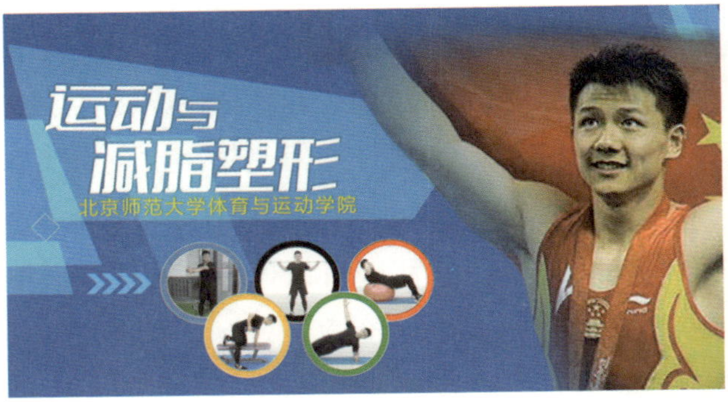

有的同学从周边高校“乔装混入”，有的学生因为没抢到课，在旮旯处“蹭课”。

因为一冰，更多年轻人爱上了“科学运动”，而这，正是陈一冰觉得“最有成就感的事情”，“成为学生心目中的好老师，是对我最高的加冕！”

说到课程，一冰老师向我们介绍：

“运动与健康促进”5门慕课课程是学院为更好地落实“健康中国2030”“师生健康中国健康”等系列精神，进一步提升大学生健康水平，由殷恒婵院长做顶层设计，带领自己和学院其他17位各领域教授、专家研发制作而成的。其中我是“运动与减脂塑形”课程的负责人，希望通过慕课课程能够让更多的学生科学地运动起来，拥有更健康的身心。

他主讲的“运动与减脂塑形”慕课课程旨在教会同学们如何使用科学的运动方法，达到完美的健身目标。课程根据男性、女性生理和需求的不同，分别讲授不同的训练方式及部分训练动作，从热身逐渐到全面锻炼各个小肌肉群，再到心肺功能锻炼，最后放缓节奏，进行拉伸放松，课程节奏科学。自9月17日在学堂上线至今，选课人数达到4341人，受欢迎程度可见一斑。

一冰老师认为，慕课也是体育教育创新的一种，通过这种大型公开课的形式，同学们可以利用碎片化时间进行观看学习，有不懂的地方也可以反复学习。利用3D解剖图的形式展示肌肉线条也比传统的板书和书本更加直观生动，更易于同学们理解学习，是对传统教学方式的一种很好的补充。专门设置的讨论答疑区也使同学的问题得到了准确及时的反馈，这都是新技术带给体育教育的好处。

科技的变革，一定会深刻改变教育。当谈及未来的教育，他大开脑洞，天马行空。一副娃娃的脸庞，两个深深的酒窝随着大男孩的开怀一笑荡漾出“芝麻开门”的咒语——VR、AR和AI技术，请将我复制成无数个一冰老师吧！我想为更多的学生上课，与他们互联互动，一起成长！

（记者：沈阳、马赛男、李可馨、李慧佳）

扫描二维码浏览原文

BNU 校歌赛落幕丨关于第一个上场的尼泊尔小哥哥，我有话要说！

推送时间：2018 年 11 月 25 日

▲苏赞在参加比赛

又一年校歌赛落下帷幕。

年复一年，无数师大人的青春在此落下烙印，与挚友的四年之约，与美妙歌声的一年一见，早已深扎在师大人的文化基因中。

为动听优美的旋律陶醉沉迷，为嘹亮狂野的嗓音尖叫呐喊，为心仪的选手拼命挥舞手中的荧光棒，这些都是青春记忆中弥足珍贵的片段。

校歌赛如梦如幻，让人如痴如醉，像一场盛大的美梦令人不愿醒来。梦醒时分，你总能被某一位实力唱将强势圈粉，pick 上一位位帅气美腻的小哥哥小姐姐。

而今年这十位校园歌手中，有一位特别特殊。他是校歌赛决赛近年来唯一的尼泊尔选手，是长相酷似刘德华的宝藏男孩。他就是 2017 级汉语文化学院的苏赞。

昨晚六点半，苏赞来到邱季端后台，看上去和往常没有什么差别。他穿了一件黑色毛衣，内搭白色衬衣，还编了五条小辫，在头后绑成一束。

在 A 组战队合唱最后一次排练过后，苏赞穿上薄薄的羽绒服，坐到后台西南角落里的藤椅上，先是给吉他调了音，接着清了清嗓子，把比赛的三首曲目快速练习了一下，最后把吉他放在一旁的纸板上，拿出深蓝色的保温杯，把水倒在盖子上，喝了几口热水润嗓。

晚上七点四十，校歌赛决赛正式开始。第一回合的比拼，苏赞选择了《飞得更高》这首歌曲，这是他朋友特意按照他的音域选择的歌曲，他很喜欢这首作品，因为这首歌家喻户晓，他可以带动全场的观众一起唱，让所有人都能沉浸到音乐里来。

当他出现在舞台上时，全场掌声雷动，白色的光线照射在他的身上，让他宛如尼泊尔王子一般闪耀。

而后意外出现了，苏赞敏锐地觉察到吉他的纰漏，在第一段副歌过后停了下来。原来，他的吉他在上场前搬运的过程中不小心磕到了，音色出现了些许偏差。苏赞向全场鞠躬致歉后，飞速地跑下场，两分钟之后，换了一把贴满卡通贴纸、本不属于他的吉他上台，重新开始演唱。

这一遍演唱非常顺利，苏赞的高音高昂明亮，正如歌名一般，歌声“飞得更高”，传到了邱季端的每一个角落。

遗憾的是，苏赞未能因为这首歌晋级后面的环节。他赛后接受采访说：“我真的很遗憾，但没有办法，大家都很棒。”

这并非是苏赞第一次参加歌唱比赛。苏赞在尼泊尔读书的时候就组建过一个乐队，有三四年的舞台经验，上过比邱季端还大的舞台，但他面对校歌赛决赛依然直言“很紧张”。“害怕会突然忘词，有时候我的脑海会一片空白。”

相比于其他校歌赛的选手，苏赞还面临着一个额外的难关——语言关。他刚刚学习中文两年，许多字词发音尚不标准，再配上歌曲的旋律，更是难上加难。“世界上唯一难的语言就是汉语，”他摇头笑了一下，“但学汉语是一件有趣的事”。

苏赞在学汉语上非常有天赋，他仅仅学习了一年之后，日常沟通就已经没有障碍了，这与他多年来对学习的热爱有关。苏赞从小就学习很好，每次考试都是班上的第一第二名。哥哥姐姐也是如此，他们一直是家乡的榜样，以“别人家的小孩”的姿态渐渐成长起来。

苏赞十分感谢自己的家庭：“没有爸爸妈妈姐姐哥哥，就没有今天的我。”

采访中，姐姐是苏赞提到次数最多的人。即便是在他们的村庄，他们家仍然不算富裕。因为母亲生病，姐姐不得不放弃自己成为一名护士的梦想，辍学去打工来照顾他和哥哥，这件事一直让苏赞耿耿于怀。“姐姐是我们家最聪明的人，她英语水平真的很好。”“她现在在印度一边打工一边读书，学习的是法律，还帮忙照顾流浪者。我在世界上最骄傲的就是我的姐姐。”

相比起哥哥姐姐，苏赞说自己是个“普通的人”，“小时候不知道将来干什么，就只好学习和唱歌”。他对唱歌的兴趣来源于家庭的熏陶，妈妈和姐姐都热爱唱歌，哥哥是个音乐怪才，鼓、钢琴、吉他、笛子等乐器都能信手拈来。“我的哥哥唱歌和弹吉他都非常好，我非常羡慕他。”

十二岁那年，苏赞第一次在朋友面前“马马虎虎”地唱起了歌，却意外收获了朋友们的一致好评：“一定要去参加歌唱比赛啊。”这让他第一次感觉自己可以去玩音乐，开始听不同类型的音乐，最爱的还是尼泊尔歌手 Narayan Gopal 的演唱，“他的歌声太干净了”。

从那时开始，苏赞渐渐爱上了音乐。他每天放学后，就躲回家里唱歌，看着电影也会突然哼起歌。受到哥哥的影响，他从17岁开始学习弹吉他，双手十根手指的指尖都磨出了深深的茧子，只要一周不碰吉他，再弹弦就会很疼。

音乐已然成为苏赞唯一的梦想，他想到更大的世界去看看更多元的音乐，所以他决定来到中国。“中国的文化太吸引我了，中国的音乐跟其他的音乐不一样，里面是有感情的。”而这一切都得到了家里人的支持：“I will be there for you, whatever you want to fulfill.（我会一直陪着你，不论你想要完成什么。）”

苏赞十分享受在北师大的学习生活，他告诉记者，他非常感谢北师大的老师，“北师大的老师教的都很好，所以我进步非常大。我的朋友们可能来中国前连‘你好’都不会说，在这里学习一学期以后就可以跟我说的一样，因为北师大的老师教的真的特别好”。

他希望在五年后学会如何成为一个老师，然后教授别人汉语。

对苏赞而言，能进入校歌赛决赛是件“十分出乎意料”的事情。“进入海选的人那么多，他们都非常棒，我只是运气好。”他并不在乎输赢，在比赛中，他已经学习到了很多新的东西，这才是真正宝贵的东西。“我还有好多机会，不放弃就行，输赢真的不重要。”

晚上十点四十，比赛落下帷幕。苏赞不舍地看了一眼舞台，背上自己的吉他，走回了兰蕙公寓。校歌赛他没能拿奖，但对他来说，追逐音乐梦想的道路不止于此。三天后，苏赞将再次背上自己的吉他，去往中国好声音2019的初赛现场，更大的舞台正在向他招手。

校歌赛虽然就此结束，但音乐第一，友谊第二，比赛第三。在这样一个为欣赏动人歌声而齐聚的夜晚，音乐胜利了，没有人是失败者。

“声而不凡”就此落幕，而音乐带来的热度仍将在这个冬天持续，温暖每一个人的心窝。愿每个热爱音乐的人都能在歌唱中找到生命的意义，愿每个 BNUer 都能在人生的舞台上绽放最好的青春。

（记者：李可馨、邓睦申）

扫描二维码浏览原文

男神女神？遥不可及？NoNoNo……他们是青春逐梦路上的身边榜样！

»»» 推送时间：2018年12月25日

12月21日，“寻找身边的榜样”——北京师范大学第十九届十佳大学生评选大会暨颁奖典礼在英东学术会堂举行。学校相关职能部处、学部院系党政负责同志和学生代表组成了本届评审委员会，来自各学部、院系的200余名同学现场观摩了本次评选大会。

经过评审委员会投票，10位同学获得北京师范大学第十九届“十佳大学生”荣誉称号，他们是：

数学科学学院 初济群

教育学部 吕欣姗

信息科学与技术学院 张见齐

天文系 吕澈秋

政府管理学院 张睿超

历史学院 郑伊楠

物理学系 贾桂昊

心理学部 程凯琳

地理科学学部 余弘泳

生命科学学院 吕欢

他们中有将理论联系实际的科研新秀，也有满腹济世情怀的未来良师；有数据世界的探险家，也有想用技术改变世界的电子梦想家；有饱含师大底色的双创先锋，也有脚踏实地的科普先锋；有人工智能的探索者，也有环保与公益的践行者……

让我们一睹2018十佳大学生的风采，听他们讲述大学四年的成长故事。

初济群　数学科学学院

数模国赛一等奖

美赛特等奖获得者、宝钢奖学金获得者

“我是将理论联系实践的数学人”

▲初济群

说起大学生活，身边的人肯定觉得我是一路开挂的学神。为什么呢？因为我的专业课成绩97.6，保研成绩更是达到了105.3这样的数科院历史新高。除此之外我参加的和数学相关的竞赛都获得了师大最高奖项。数学竞赛从北京一等到全国二等奖。数学建模更是获得了从校赛一等奖到国赛一等奖再到美赛特等奖的大满贯。2018年2月，我组队参加美国大学生数学建模比赛。我们组从来自全世界23个国家的两万多支参赛队伍中脱颖而出，与其他32支队伍一起获得该赛事的最高奖——特等奖。不仅如此，我们队的论文也被美赛官方杂志《UMAP》选中，成为唯一被官方杂志选中并发表的中国籍论文。

然而，我并不觉得我的大学生活是开挂的，我的生活是很平凡且真实的！我常常伴着早上8点的朝阳去图书馆自习；也常常听着自习室晚上11点的离场音乐回寝室；我记得为了破解一道习题，在自习室冥思苦想的那一下午；我记得为了准备数学竞赛，每天都在刷题的那3个月；我还记得国赛那个物理问题，公式都是从完全没学过的，而程序更不知从何入手，然而我们迎难而上勇往直前，顺利解决了这个难题；我还记得美赛时的语言问题，没有文献可以参考，数据也只能自己翻墙获得，然而我们组从零出发，构造属于自己的模型，查找需要的数据，最终完成了一篇优秀的美赛论文。

所以我的大学其实并没有开挂。我只是在不断迎接挑战、开拓进取。未来，我会继续拼荆斩棘，激流勇进，不断创新，在研究生生活中继续开拓属于我的道路。

吕欣姗 教育学部

开发教育戏剧课程

让更多的孩子向欺凌勇敢说“不”

“我是有济世情怀的教育人”

▲吕欣姗

四年前的全校开学典礼，我曾作为新生代表骄傲地说，“今天，我们终于可以以北师大人自居，终于可以将自己的名字刻在北师大的记忆中”，四年来，我始终都在探寻，如何能够对得起北师大人的称号？

我听闻顾明远教授花甲之年仍一一回复中小学生的来信，我看到上千名北师学子奔赴大江南北义务支教，我更记得凌晨三点收到导师解惑答疑消息时的钦佩赞叹……“坐而论道”很容易，“起而行之”却很难。千千万万的师大人用行动告诉我，唯有迈出教育的脚步，在实践中砥砺意志、增长才干，才能对得起北师大人的称号。

教育脚步走在校园，我与共青团中央第一书记通信、座谈，组织30余场文化交流活动，助力青年伙伴成长；教育脚步走在社会，我与队友开发教育 APP 与反校园欺凌课程，两万里行程的基层调研，多次政务参访与媒体报道，我以师大之名服务民生；教育脚步走向世界，我随全国青联赴印度执行友好访问任务，在日本做可持续发展教育主题报告，让中国学子的声音绽放世界舞台。

四年间脚步所行之处使我认识到，如果从现在开始做，如果我们能教一个是一个，能帮一个是一个，就会有更多人不必接受他们“等不起”的命运。每当我想起在启喑学校为聋哑儿童授课后，孩子们用手语做出的

"谢谢"；在延安农村调研时，奶奶交到我手中的医保报销请愿书；在中国驻印度大使馆，一百名青年自发唱起的《我爱你中国》时，我都会更加坚定自己作为北师大青年"如初春，如朝日，如百卉之萌动，如利刃之新发于硎"的使命担当。

大学四年，我渐渐明白：我无须等待，无须等到博士毕业或是赚到第一桶金的时候才开始改善别人的生活，如果我有爱可以给予，那么行动就是现在。

幸运如我，回首四年，我在大学遇到了晴好的天气，抵达了优良的港湾，又遇上了一批善良的人把我送上行船，远处潮平岸阔，前路风正帆悬，还有更多人的生命等着我去点燃，而我的教育之梦，正在起航！

▲张见齐

张见齐　信息科学与技术学院

电子设计竞赛全国一等奖获得者

华为公司助理工程师

"我是想用技术改变世界的电子发烧友"

三年前，一名电子发烧友来到了这里，遇见了他另外2名队友，和愿意为之奋斗一生的专业。他们愿意每天3小时泡在实验室，提前学习专业课程，不惜牺牲掉整个暑假准备电子设计竞赛。作为北师大唯一一支参赛队，他们孤零零地夹在北邮、北航等传统工科强校之间。一心只想做炮灰的他们从来没有想到，这一次拿到的却是逆袭的剧本，他们力压群雄，从一千多所高校的一万多支队伍中脱颖而出，获得了我校近二十年来首个全国一等奖。这便是我的故事的开头——我的大学，始于热爱，忠于专注！

竞赛导师也是一位对专业乐此不疲的追梦者，她不仅对我倾囊相授，还身体力行地教导我脚踏实地，专注求索，为想做的事业投入百分之百的激情与热爱。获奖后，我一直朝着梦想奔跑：参与科研项目、撰写论文；

担任必修课助教，帮助导师指导实验教学；专业成绩一路进步到第一，拿下国奖和市三好学生。这份专注的信条还伴随着我在大学的方方面面：追求自己热爱的音乐，四年坚持参加校合唱团的排练和演出；担任学生会主席、参与社会实践，全心全意地为同学服务、为社会服务……我还担任了竞赛队队长，每周利用课余时间指导师弟师妹参加竞赛，带领8支队伍在今年的比赛中获得了3个一等奖，3个二等奖和2个三等奖。我欣喜地发现，这些因热爱带来的专注，让我在提升自己的同时，也能为他人发光发热，不断升华自己的价值。

今年暑期，我在华为公司实习，参与华为手机新一代调制解调芯片的研发。当然，选择华为不是为了体验加班的乐趣。华为人在电子信息领域脚踏实地、锲而不舍的“工匠精神”，与我在大学的所思所悟产生了强烈的共鸣。我想，一个追求“工匠精神”的企业，必然会少一些浮躁，多一些纯粹；少一些急功近利，多一些兢兢业业；少一些投机取巧，多一些孜孜以求。

心心在一艺，其艺必工；心心在一职，其职必举。这份淡泊名利，专注求索的匠人内蕴，便是我的导师、我的大学教给我的最为深刻的一课。

▲吕澈秋

吕澈秋 天文系

连续三年成绩第一

主持国创项目

用天文的方法搜寻地外智能

“我是仰望星空的科研新秀”

“我是脚踏实地的科普先锋”

我很荣幸地站在这里，作为四年来唯一一个站在十佳终评舞台上的天文系的学生，我感到无比激动。

其实，在我们师大，天文系算得上是最袖珍的一个院系了，我们本科生加起来也不到一百人。八层的图书馆只有一个天文书架。可是，就是这样一个小小的天文系，全国能有几所大学才开得起来呢？我想，在座的各位，有多少人小时候仰望星空时，对宇宙、对星空充满了好奇呢，可是又有几个人能真正接受到天文学的启蒙和引导？

没错，我太幸运了，是我的大学给了我探索宇宙的机会。天文系虽然小，但我们的视野可是全校最大的。

当我参观过全国五十多所高校，当我带着一腔热血前去山区支教，我渐渐地意识到，作为六大基础学科之一的天文学，怎么就成了一种沉寂与奢侈？从某一刻起，我坚定地感觉到，我不能只做一个潜心学术的科研人员，更要做一个传播天文知识的科普工作者。让更多对天文有兴趣的人也能和我一样，有条件和权利去探索宇宙，因为我们头顶上的星空，不只是属于天文学家的，不只是属于欧美西方大国的，而是属于我们全体人类的！

我的大学告诉我，要懂得感恩，要用学识去回馈社会。

于是我站在天文发展的前沿，用最谦卑的姿态去洞察最广阔的宇宙，连续三年成绩第一，主持国创项目，获北京大学本科生优秀天文研究一等奖，获中国科学院国家天文台奖学金。与此同时，我做天文志愿讲解、做中小学天文教师、撰写科普文章、翻译科普著作。只是希望，有朝一日，中国天文研究能有源源不断的新生力量，让天文不再是小众学科，让更多的天文人能够站在更接近星空的舞台之上。

而我的大学也告诉我，教育的本质是一个灵魂唤醒另一个灵魂，科普也是。作为全国最好的师范大学的学生，如果我们不能担负起教育传播、科学普及的重任，试问，浩瀚宇宙之下，泱泱国土之上，谁来担当呢？

张睿超 政府管理学院

专业综合双第一

2 项国创、创青春金奖

“我是有师大底色的双创先锋”

▲张睿超

我想用三个关键词来概括我的大学：初学

者、实干派、梦想家。

我是初学者。浸润在师大严谨务实的学风里，我勤勉好学，求知求真。人管国贸双学位，专业综合双第一。以第一作者的身份发表全英文学术论文1篇，主持参与国创课题2项、学工课题1项。沐浴在师大包容创新的文化中，我聚焦共享经济，深入地调研共享自行车行业的现状，用脚丈量社会变迁；关注学业辅导，探索高校创新型人才培养新思路，用心感受双创脉搏。“学为人师，行为世范”，在师大求学的日子造就了我的“政管印记，师大品格”。

我是实干派。我想在座的有车一族大概都有这样的烦恼：洗车成本高，排队耗时长。为了解决这一痛点问题，我和我的团队转化了两项国家专利，自主研发了零尘汽车自净剂，为万千车主送去了汽车清洁保养新服务。在过去一年里，我们扎根洗车行一线对话基层工人，足迹遍及北京、上海、杭州等8座城市；反复修改商业计划书，答辩材料从最初的1.0一直改到了答辩前的18.0。斩获了“创青春”市赛金奖国赛银奖、“互联网+”市赛金奖等荣誉，一次次刷新了师大在同类赛事中的最好成绩。与此同时，作为学生科协副主席和学院分管学术实践工作的副主席，我4年来服务千余人，协助15个参赛团队打磨项目，希望通过自己的努力让更多的人了解双创、参与双创。

我是梦想家。敢于有梦、勇于追梦、勤于圆梦。我在“紫光阁”国家机关实习中观察政务，在创青春、“互联网+”的舞台展现风采，在昆士兰大学、奥塔哥大学追踪前沿。目前我已经获得了在北京大学攻读硕士研究生的保送资格，研究方向为人力资源开发与管理。希望自己可以在积累了丰富的双创理论和经验后，为国家培养更多的创新型人才。

“行之力则知愈进，知之深则行愈达”。站在改革开放40周年的新起点上，我们要接过接力棒，跑好接力跑，跑出好成绩。准确识变，积极应变，主动求变，弄潮创青春，建功新时代。

从初学者到实干派，我不断探索，从实干派到梦想家，我不懈奋斗。少年如斯，恒温沸腾，做有师大底色的双创先锋，我一直在路上。

郑伊楠 历史学院

两年国家奖学金获得者、国创主持人

保研到清华大学攻读硕士学位

"我是环境史学的工作者"

▲郑伊楠

如果用一个字来概括我的大学，是强。但这个"强"不是形容词，而是动词，是强自我，强青年，强未来，有着不一样的含义。

强自我，是披荆斩棘，战胜自己。初入师大，我和在座的每位同学一样紧张、兴奋，还多了一些忐忑和畏缩——少年时父亲离世后，我从腼腆变为沉默，害怕与人沟通、担忧经济来源、怀疑自身能力、不知未来方向。我从没想过自己会变成一个多强大的人，但我想成为更好的自己。大一时担任班长，班里10个女生寝室的门不知道敲了多少次，但没人知道我每次敲门前要先背一遍通知内容才能鼓起勇气。大二时做国家级本科生科研项目，30多本外文著作，40余篇外文期刊，大多来源于国图，为了省钱省时间，我的午饭多半是在国图南馆门口的小板凳上解决的。终于，努力有了成果，我荣获2次国家奖学金，白寿彝史学论著一等奖，2017年度自强之星。在师大，我找到的是面对弱小自己的勇气和不向生活低头的毅力。

强青年，是敢于创新，勇为先锋。在师大的三年中，我始终与历史学院分团委为伴，参与举办活动50余场，活跃在团学工作的第一线。为纪念五四运动，我们筹划20余天，改编歌曲《最美的期待》，用歌声传递正能量。为传承经典，我们紧张筹备、历时3个月，成功举办了第七届陈垣杯大学生历史知识竞赛。以青年喜闻乐见的形式做好思想引领，是我努力工作的方向。

强未来，是心担道义，胸怀家国。如今，人与自然的矛盾日益激化，习总书记在十九大报告中提到，"我们要建设的人与自然和谐共生的现代化"。我以环境史研究为志业，是希望身为文科生的自己也能为美丽中国的建设贡献力量。9月，我如愿保研到清华大学继续做环境史学的工作者，这是我的选择，也是我的使命。

曾经，我努力是因为背后就是深渊，不得不走；现在，我想为更多的人做更多的事，因为我所热爱的一切都是我的后盾。强，不是形容强大，而是动态的奋发图强，是拿出不服输的勇气，强自我，强青年，强未来。

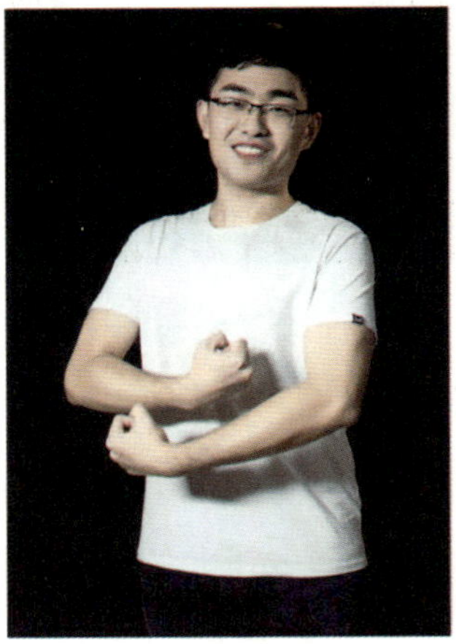

▲贾桂昊

贾桂昊 物理学系

一篇量子力学论文的通信一作

一项光学实用专利的唯一发明人

“我要做科创报国的逐梦者”

成为一名有大用的科学家是我儿时的梦想，那什么是有大用呢？大学四年见证了我探寻答案的历程。

我曾参加第七届中国大学生物理学术竞赛，和第六届台湾物理学术辩论高峰会，在准备竞赛时，我发现传统的测量薄玻璃的手段存在着一定的局限性，为了用更简易的办法突破这些局限，我在实验室摸索了几个月，最终发明了一款激光测量仪，实现了无损伤的高精度测量。并且，我作为唯一发明人，在今年获得了国家专利，也得到了第十五届中国科学家论坛·科创发明奖的提名邀请。我觉得，用知识创造发明，突破局限，解决问题，这是有用。

量子力学是现代科学的基石，她神秘的原理也深深地吸引着我，在我主持的国创项目中，几百次讨论、几千行代码、无数张算纸，让我们发现了经典流体中的量子效应，这不禁让我们猜测量子力学的根源可能就蕴藏在水的漩涡之中。我也因此作为第一作者和通信作者，与老师和队友合作撰写了学术论文。我认为，用知识发掘量子的奥秘，这也是有用。

我希望能够让更多的同学在交流中感受到物理的乐趣，我担任了系学业指导室助管，针对同学们的需求，组织了五十余次指导活动，有近一千人次参与。我发现用知识帮助更多的同学学有所得，这不光有用，自己也会感到非常幸福。

教育家王道元先生曾说，“人之所以生，要以自食其力为本根”。掌握扎实的专业基础，亦是我实现梦想的本根。三年来，我的成绩稳居前三，获得了包括国奖在内的7项奖学金。以综合第一的成绩，保送至清华大学物理系薛其坤院士研究团队读博深造。

或许，发明、国创、竞赛、辅导，为我解答了什么是有用，那什么才是有大用呢？

“学无止境，致用亦无止境。”

在思修课上钱学森先生的事迹，让我真正领悟到，用更多的知识突破更难的技术，用更新颖的思想理解更深刻的宇宙，让更多的人在享受科技带来的便利的同时，也能感受到物理的乐趣。这才是大用！

高温超导是目前物理学最难但也是最有意义的课题之一，正是那有大用的梦想让我选择在一个国际领先的团队中去研究它、理解它、突破它。

我也期待自己有朝一日能够回到师大任教，将学到的知识与科学思想传递给我的师弟师妹们。因为在这里，我获得了自己的答案，也完成了追逐梦想的第一步，这便是我的大学生活。

程凯琳 心理学部

四国九省访学、调研

社会实践国家级优秀团队

市级先进个人

“我是步履不停、放眼社会的心理人”

▲程凯琳

我们今天参加评选的这二十个人在各个方面都要称霸，学习要当学霸，玩游戏要当玩霸，唱歌要当麦霸，甚至我剪了短发之后有人问我是不是要当欧巴。初入大学的我想过一个问题：怎么才能像这些人一样，有梦想、目标、行动力、专注和恒心。现在我找到了答案：热爱，纯粹的热爱。

我热爱心理学，这个学科能用科学理性的方法探索人间烟火和生命情怀。有了热爱，就当然会有梦想，所以你会看到我每天朝7晚11踏着师大的银杏叶走在连接宿舍和自习室的路上；有了热爱，自然而然我会给自己制订一个一个的不同的目标，所以我幸运地保持专业第一的成绩，获得了两次国奖；同时我会有强烈的行动力，所以你会看到我做本基和国创的时候不要面子地在后主楼拉人做被试，为了收数据效仿大禹，几次过家门而不入；更重要的事情是我当然会专注、坚持，所以你会看到我日以继夜地修改论文直到发表国家级期刊，在心理学学术会议上口头、展贴报告，参加密歇根大学教授课题组，SSCI论文被接收。很多时候不必刻意追求结果，但是这份纯粹的热爱会自然而然地引领我们抵达更美的远方。

纯粹的热爱不仅为我带来了成功，更给我制造了很多意外。我作为百幅丹青致军魂专项的分队队长获得国家级优秀实践团队、市级先进个人，可我没想过我们能用笔墨纸砚将重大革命历史地的不朽军魂融入进一幅幅画作中，并被新华网报道；我连续三年参加了暑期社会实践，可我没想过能为城市的生态文明建言献策，也没想过看到孩子们的笑脸自己会觉得得到了胜过世间一切的温暖；我连续三年参加了社会调研，两次获京师杯一等奖，可我没想过我会在香港茶餐厅访谈市民的时候学会粤语，也没想过能构建模型为提高通识课程的认同和学习动机献一份力；去港中文、斯坦福、伯克利、剑桥，可我没想过我能通过自己的力量消除外界对国人的刻板印象。但行好事，莫问前程，追逐热爱，会带来意外，而意外中蕴含着惊喜。

我能有幸追寻纯粹的热爱，也是因为师大是一所有爱的大学。今天我站在这里，也不是要在二十位高手里面称霸，因为我热爱这里，所以我想让自己的光照亮这儿，让更多我热爱的人和事因我而更精彩，我想通过我点亮更多师大人的人生，因为北师大，我真的很爱你。

余弘泳 地理科学学部

带队 SuperMap 大赛

参加 GIS 创业项目

中国地理学会主题学术辩论赛冠军

“我是新时代的地理学人”

▲余弘泳

刚进入师大时，我可能和大家不大一样——我并不迷茫，因为我是被自己的第一志愿学校、第一志愿专业录取的，后来，我分流到了最喜欢的遥感方向。我仍记得这份梦想的起源，那位充满个性、学识渊博的“布鞋院士”。随着本科学习的深入，我越来越喜欢遥感，遥感相关课程平均分达到95以上。我的北创项目用到了李小文院士发明的 GOMS 光学模型，项目指导老师阎广建老师是李小文院士的博士生。遗憾的是，我15年9月入学，李小文院士于15年1月去世，我再也没有机会一睹他的大师风采。但我们所爱的人从来不会真正离开我们，因为他们一直活在我们的心里。

地理学部有很多老师，曾是李小文院士的同事或者学生，在他们的话里，在他们的身上，我一点点看到了这位大师当年的风采：一位学术高深、关怀他人的学者。我慢慢理解了“学为人师，行为世范”的内涵，同时，我也想像他一样，成为别人生命里一束温柔的光。学为人师，我努力学习，获得国家奖学金，排名专业综合双第一；坚持科研，一作发表两篇中文核心论文和两篇会议论文。行为世范，不只是打磨自己，也要试着发出自己的光，我成了班级第一批党员，在《党建》上发表对思修课的评价，前往贫困地区支教、访谈，在大二时担任学业辅导中心主任一职，负责地理学部的助学工作。

虽然我只是一位本科生，但我也有自己对师大地理与遥感科学的执着与努力。前往安徽为师大时隔四年再度拿下中国地理学会主题辩论赛冠军，带队 SuperMap 大赛获得北京赛区一等奖创造师大最好赛绩，在斯坦福大学全球商业计划大赛用 GIS 技术创新获得第一名。目前，我已保送至全球院，跟随王开存老师直博，从事大气和遥感相关最前沿的研究。

我仍记得阎老师在课上说的那句话："李小文是师大的一面旗帜，是师大地理的一面旗帜。"在师大，我遇见了光，然后试着去成为光。未来研究生五年，我将继续和师大并肩同行，见证、参与师大的双一流建设。我还有好多个五年，我的大学经历让我更加相信，对李小文先生的念念不忘必有回响，师大人的努力和汗水必将造就北师大、北师大地理的新一个高峰！

▲吕欢

吕欢 生命科学学院

专业综合双第一

"华文杯"全国师范生教学设计特等奖

"我会是未来的大国良师"

今年7月，有幸调研了四有好老师黄亚飞，不经意的一幕，让我印象深刻。一个小姑娘蹦蹦跳跳地到了他身边，他却突然蹲下了身，原来是学生的鞋带散了，他去帮学生系。但这个看似很简单的动作，对于只有三根残指的他来说，其实很困难，系了一次没系好，小姑娘不禁"咯咯"笑了，他也憨憨地笑了笑，又重新系……这次小姑娘只是安安静静的等着……平凡却温暖，这就是教师的幸福。在调研四有老师的过程中，我更坚定了信念，我要将四有好老师的志向写在中华大地上！

为了这个志向，我在大学中坚定理想信念。生逢其时，重任在肩。我组织了160多项党建活动，40余次志愿服务，累计服务1200余人次。三年党团工作，我用自己的坚守、奉献，践行了一名中共党员的担当。我负责的党支部连续两年获评校级第一名，团支部获北京市优秀团支部，受到学校各部门老师的关怀和肯定。

为了这个志向，我在大学中不断扎实学识。青春，是用来奋斗的。三年努力，我的专业综合均为第一名，多次获得国家奖学金。我坚持每天阅读一篇教学期刊，并记录下来。1000多个日日夜夜的积累，我获得了全国师范生教学设计特等奖。

为了这个志向，我在大学中陶冶情操，求真向善。心中有阳光，脚下有力量。2300多个小时，我在贵州的大山里，内蒙的草原上，湖北的村庄里，去点燃孩子们的求知热情，去调研我国基层教育的现状。作为“四有”好老师奖励计划的志愿者代表，我曾在这儿发言倡议全校志愿者深入基层，虚心学习。随后我深入湖南大山，去了解、学习那些乡村教师的坚守，并在《光明日报》刊文2篇。

这，就是我的大学。三年里，我获得国家级奖励7项、北京市级奖励6项、校级奖励40余项，力行无愧为人师，师大的一切，都让我更加坚定地投身内蒙古基层教育，我定会用实际行动将四有好老师的志向写在中华大地上！

没有一路开挂的奇迹，也并非天生学神大牛，他们只是普通人，不过用热爱与专注，付出与汗水，将一切化为两个字“值得”。

在最美的青春年华中，我们也可以像他们一样，勇敢逐梦，经过巍巍高山与湍湍险川的磨砺，踏遍山海蔚然，前路熠熠生辉。

扫描二维码浏览原文

叁

锦瑟华年

肆意的青春里
我们还是少年模样
会期待一场花的绽放
也会赞叹星星划过的尾巴
梦想的旅程才刚刚开始

你说我有泼墨挥毫的才气
我叹你那落笔成章的风华
旅途太长初心不忘
我们以梦为马
方能不负韶华

当二十四节气遇见北师姑娘丨任星辰沉浮伴祝福随行

»» 推送时间：2018年2月16日

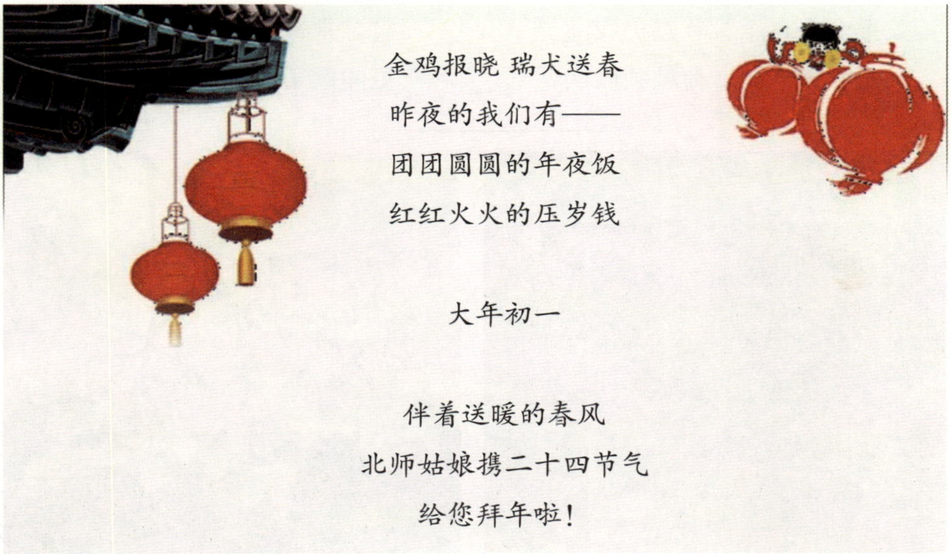

二十四节气

二十四节气是中国人通过观察太阳周年运动而形成的时间知识体系

在国际气象界，它被誉为“中国的第五大发明”

2016年11月，由中国申报的

“二十四节气”非物质文化遗产项目通过委员会评审

列入联合国教科文组织人类非物质文化遗产代表作名录

春秋待序，以生生不息

让我们

在古人诗言里

从姑娘裙裾边

感知天地时节，重拾二十四节气之美

惊蛰

田家四时

梅尧臣

昨夜春雷作，荷锄理南陂。

杏花将及候，农事不可迟。

蚕女应自念，牧童仍我随。

田中逢老父，荷杖独熙熙。

春分

春分与诸公同宴呈陆三十四郎中

武元衡

南国宴佳宾，交情老倍亲。

月惭红烛泪，花笑白头人。

宝瑟常馀怨，琼枝不让春。

更闻歌子夜，桃李艳妆新。

清明

临安春雨初霁

陆游

世味年来薄似纱，谁令骑马客京华？
小楼一夜听春雨，深巷明朝卖杏花。
矮纸斜行闲作草，晴窗细乳戏分茶。
素衣莫起风尘叹，犹及清明可到家。

谷雨

题伍彬屋壁

廖融

圆塘绿水平，鱼跃紫莼生。
要路贫无力，深村老退耕。
犊随原草远，蛙傍堑篱鸣。
拨棹茶川去，初逢谷雨晴。

立夏

客中初夏

司马光

四月清和雨乍晴，
南山当户转分明。
更无柳絮因风起，
惟有葵花向日倾。

小满

归田园四时乐春夏二首　其二

欧阳修

南风原头吹百草，草木丛深茅舍小。
麦穗初齐稚子娇，桑叶正肥残食饱。
老翁但喜岁年熟，饷妇安知时节好。
野堂梨密啼晚莺，海石榴红啭山鸟。
田家此乐知者谁，我独知之归不早。
乞身当及强健时，顾我蹉跎已衰老。

小暑

喜夏

庞铸

小暑不足畏，深居如退藏。
青奴被荐枕，黄奶亦升堂。
鸟语竹阴密，雨声荷叶香。
晚凉无一事，步屧到西厢。

大暑

晓出净慈寺送林子方

杨万里

毕竟西湖六月中，
风光不与四时同。
接天莲叶无穷碧，
映日荷花别样红。

立秋

立秋前一日览镜

李益

万事销身外，生涯在镜中。

唯将满鬓雪，明日对秋风。

处暑

早秋曲江感怀

白居易

离离暑云散，袅袅凉风起。

池上秋又来，荷花半成子。

霜降

村夜

白居易

霜草苍苍虫切切，村南村北行人绝。

独出前门望野田，月明荞麦花如雪。

冬至

邯郸冬至夜思家

白居易

邯郸驿里逢冬至，抱膝灯前影伴身。

想得家中夜深坐，还应说着远行人。

扫描二维码浏览原文

谁才是春日里的北师大最美校花？

推送日期 2018年3月31日

江南的花季过去了一旬
北京的春天终于也来了
在那个温暖的南风天里
你觉得周遭的一切都更明朗
除了金黄的阳光
你抬头时发现
北师大的花开了
一簇簇繁花缀满枝头
像是要把时光也淹没

京师广场前的郁金香

郁金香是十分具有仙气的花种

高贵典雅的花束

总能让人想到民国时期风韵十足的精致女子

这是古代欧洲贵族偏爱的花

象征神圣、幸福与胜利

电子楼和京师学堂的玉兰

玉兰，北方早春重要的观赏花木

花朵洁白，芬芳大气

颇符合北方恢弘的气势

象征报恩、真挚与纯洁

西操旁的山桃花

要说樱花是少女的花

山桃定也不相上下

细碎的花瓣，娇羞的绽放着

接近透明的浅粉色

带着江南柔软婉约的性情

象征爱情的机遇

乐育路的连翘

莫道颜色如渥丹，莫道馨香过蕖兰
是连翘这样温暖的金黄色
唤醒了整个春天的阳光
一树盛放，足显热情
古记因为形如翘车而得此名
象征对未来善意的预料

北师大的春一如经验老道的画家挥墨

配色巧而妙三月花开

春已缓缓归来

少年啊

你要不要与我一同去寻春呢？

我想与你一同觅花香、观草长

看着京师静静装点衣裳

扫描二维码浏览原文

送你一匹马丨北师大校园青春短片清新上线

»»推送日期：2018年5月4日

五四青年节来临之际，北京师范大学大学生合唱团的同学们翻唱了热播网剧《北京女子图鉴》的主题曲《送你一匹马》，学校“京师学工”新媒体传播工作室以此为灵感，编剧、拍摄了一部校园青春短片。此部短片的男女主角对从入学到毕业的种种演绎，展现了当代青年学子寻梦、筑梦、逐梦、圆梦的精神风貌。

下面，让我们一起来欣赏吧！

扫一扫观看视频　　扫描二维码浏览原文

京师广场上木铎初响
懵懂的你步入师大的南门
你有些迷茫彷徨却也心潮澎湃
你初识新的朋友，新的老师
你们一同开启了四年的青葱时光

你喜欢上曦园的猫咪
也忘不了电子楼门前的玉兰花
你在天使路上奔跑
也在教九小花园里放声朗读
你在西操场上奔跑流汗
也在邱北的台阶上仰望星空

还记得
教八的教室里你专注听课的背影
爬上窗台的藤蔓带给你丝丝清凉
还记得
九点半的图书馆人群熙攘
星月倾泻在你回宿舍的路上
还记得
你在灯下为论文奋笔疾书
暖黄的灯光映照着你的侧颜
还记得
你在实习单位里一展才华
方寸办公桌前是你认真工作的模样
在这个属于青春的节日里

师大将送你一匹马
陪你越过最高的山
陪你穿过最长的河
陪你看遍天涯海角的绚丽晚霞
愿你牵着这匹马
铭记我们一起奋斗的最美芳华

沙画 MV 丨遇见北师大——纪念马克思诞辰 200 周年

»» 推送日期：2018 年 5 月 5 日

今天，是马克思诞辰 200 周年

这是属于他的故事

也是属于北师大人的故事

让我们通过一段沙画视频

走近马克思

了解北师大的赤色芳华

扫描二维码观看视频　扫描二维码浏览原文

高考倒计时 20 天 | 我们在北师大等你来！

推送日期：2018年5月18日

转眼又逢一年高考时
在考场奋笔疾书的模样
恍若昨日
对未来清晰而又模糊的感觉
记忆犹新
那段时光让人无比怀念
紧张而又激动的心情久久不能平静

高考倒计时
师兄师姐们有些话想要对你们说
也祝福你们在高考中
能够书写自己的辉煌！

摒弃侥幸之念
必取百炼成钢
厚积分秒之功
始得一鸣惊人

充满斗志的少年啊
即将奔赴考场
为自己的六月画下句号
内心复杂纠结
但梦想坚定

哪有什么失利
坚持意味着一切
师大等你！

平心、沉着
努力用最平常的心态对待非比寻常的那几天
迎着夏天的风奔跑吧
这一定是你最好的六月

西操的星际 曦园的猫咪
京师的玉兰 教八的藤蔓……
师大的早春晨曦和盛夏绿荫
不过大学最美的模样

愿你能在假期收到来自北师大的邀请
愿你九月能在这里的每个角落里穿行

夏蝉 冬雪
12载轮回
愿各位考生能够自信地踏上六月的征途
以勤奋的汗水书写辉煌的高考篇章
6月 我们对你的祝福有千言万语
9月 北师大在这里等你！

扫描二维码浏览原文

毕业季丨我希望和你从校服到婚纱，从过去到无穷远的未来

推送日期：2018年5月27日

那时候，
风轻轻的，
云软绵绵的，
阳光刚刚温暖，
你穿着碎花的短裙，
掂着小碎步，
笑起来的时候，
整个世界都明朗了。

那天，
我在去图书馆的路上，
看见了你。
步履匆匆的人潮中，
你在阳光下安静停驻，
微微笑着，不发一言。

站在通往东操狭长的路上，
突然花了眼，
你还是当初那个小女孩，
颔首如花蕾含苞。

我们无数次漫步在这片天空下，
看台上，你躺在我怀中。
也奔跑过夕阳洒落的操场，
你回眸，笑着向我伸手。

教九小花园里，见青丝到暮雪皆成双，
我们走啊走，
隆冬和晚春，炎夏和漫秋。

行过无数花间路，
你陪我月下嗅迷香。

教学楼前，
那些日子，一起上公选课，
你坐在我身边，认真地看看台上又在书上写写划划，
心中便有力量在燃烧，
要努力，方得同船渡。

你借过的书，我都会隔天去借来看，
你的课外阅读里，
有多愁善感的一面，有时也会饱含哲思，
你看大家之作，也看小众清流，
我喜欢，这样丰富博学的你。

这里是北师大，
“学为人师，行为世范”，
是我们生涯的教诲，
也是我和你的独家信条。
相逢于此，半生欢喜。

北京师范大学校训
学为人师
行为世范
一九九七年夏日启功敬书

巍巍木铎，金声响起，
我们曾在这里约定未来。
而今我身着白纱，
笑着说，我终于等到这个日子。

目光所及的这些风景里，
任春日繁花满墙，树影斑驳壁上，
你仍是我心间一抔素白月光。

教八楼旁的爬山虎，
抽芽生叶，攀藤附砖。
夏雨洗濯，秋风渐起。
淀色为红，后落叶归根。
一度又一度，莫等闲，今朝你且盛放。

陪你长大，从校服到婚纱。
京师流年，且盼终成眷属。

夕阳又西下，
我想再走一次，
我们曾携手的操场；
再逛一逛，
邱季端边的报亭，
让蒙尘的记忆都开花。

就将要说再见了吧，我的师大，
我最好的青春年华。

扫描二维码浏览原文

北师大校歌 MV 新版 C 位出道！带你读懂 TA 的前世今生！

推送日期：2018年10月15日

有一首歌，传唱百年历久弥新
有一首歌，独一无二响彻校园
这段每个 BNUer 都熟记于心的旋律
是大学生活中温暖共情的一块记忆
是青春岁月里不可或缺的一曲乐章

Duang~duang~duang~
北师大校歌 MV 新版发布！

视频链接　　扫描二维码浏览原文

木铎金声 声声入耳
沧海桑田 时代变迁
从"诚勇勤爱"到"振立师道"
从"严谨求实 博学为上"
到"育人兴邦 薪火相传"

今日，为你讲述——

北师大校歌的前世今生

北师大最早的校歌创作于北京高等师范学校时期，由章嵚作词、冯孝思编曲，1914年2月拟定。该版词风古雅，文短意长，涵盖内容全面。它概括了中国几千年的教育传统，彰显了北京高师在国家教育系统中的地位和成就，融汇了学校的校训、育人理念和社会服务追求。

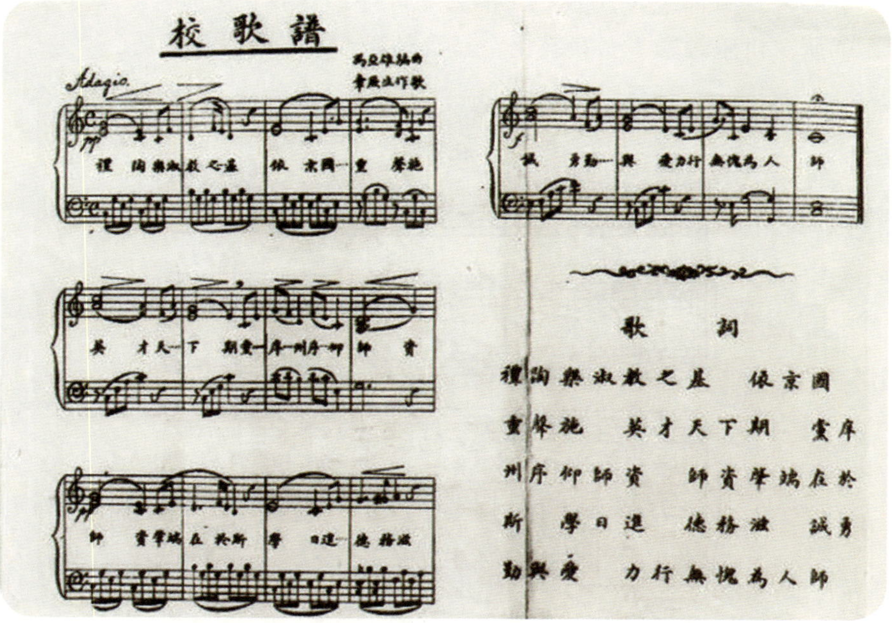

▲ 1914 年校歌曲谱及歌词

歌词中提出的“诚勇勤与爱”，是北京高师时期的校训，全称为“诚实、勇敢、勤勉、亲爱”（简称“诚勇勤爱”）。北京高师学子在教师的带动下，热爱教育事业，珍惜母校声誉，他们“以教育事业为第二生命，以师范名誉为无上资产”，努力锤炼教师素养。歌词既述母校传统也述办学业绩，集中体现了全校师生振兴民族教育事业的志向和雄心。民国初年的北京高师，因卓越的办学声誉，成为广大青年学子理想的求学地之一。

1920年前后，教育界人士开始酝酿国家学校系统的整体改革。1922

年，壬戌学制颁布施行。北京高师顺应国家教育发展的新需求，着力提升办学层次和水平。经过几年的筹备，在原有的基础上调整学科结构和办学定位，于1923年正式升格为北京师范大学。《国立北京师范大学校暂行组织大纲》规定，“以造就师范与中等学校教师及教育行政人员并研究专门学术为宗旨”，明确并强化了学校的学术研究职能。

1924年，学校推出了由范源廉作词、冯孝思作曲的新校歌。

往者文化世所崇，将来事业更无穷，开来继往师道贯其中。师道，师道，谁与立？责无旁贷在藐躬。皇皇兮古都，巍巍兮学府，一堂相聚志相同，朝研夕讨乐融融。弘我教化，昌我民智，共矢此愿务成功。

▲ 1924 年新校歌曲谱

20世纪20年代的北京国立高校，经费竭蹶，学潮频发，师资队伍不稳。作为一校之长，范源廉被寄予振发师大人雄心、引领师大发展方向的厚望。在1924年1月的学校开学典礼上，范源廉强调：“无论政局如何纷扰，只要我们个人精神不乱；无论经济如何困难，只要我们大家志气不馁；那么，前途便有无穷的希望。”在这首校歌中，“师道”被三次提及，“振立师道”被认为是师大人责无旁贷的使命，是师大人要一以贯之地予以坚持的。这个师道，不仅仅是“传道、授业、解惑”的教师职责，更重要的是报国为民的师大责任、继往开来的师大使命、“弘我教化，昌我民智”的办学追求。这首校歌一直唱到1949年。

中华人民共和国成立后，北京师范大学的发展迎来了新生，开始了办有中国特色社会主义大学的实践探索。改革开放以来，学校加强校园文化建设与师大精神塑造工作。20世纪80年代，学校编写了校史。90年代中期，学校开展了校训征集活动，确立了“学为人师，行为世范”的师大校训。世纪之交，为迎接百年校庆，学校启动了校歌征集活动。广大师生热情参与，提交了不少有创意的新版校歌。2002年，百年校庆之际，学校推出了由郑宜作词、尚德义作曲的新版校歌。

天南地北，济济一堂，我们是中华民族的栋梁。严谨求实，博学向上，我们把未来之光点亮。真诚坦荡，锐意图强，今日播撒求知的种子，明朝满园桃李芬芳，为祖国腾飞积聚我们的力量。天南地北，济济一堂，我们是中华民族的栋梁。严谨求实，博学向上，我们把未来之光点亮。千秋伟业，共铸辉煌，今日满怀憧憬和希望，明朝谱写金秋的乐章，让木铎金声在四海五洲回荡。

这首校歌有鲜明的时代气息，展现出民北师大学子蓬勃向上的青春朝气。相比前两首校歌，词风通俗，节奏欢快，曲调激昂。歌词中提到的“严谨求实，博学向上”“真诚坦荡，锐意图强”在一定程度上代表了北师大的学风和处事品格，“为祖国腾飞积聚我们的力量”“让木铎金声在四海五洲回荡”两句，展现了北师大人的理想抱负和开放胸怀。需要提及的是，歌词中提到的“木铎金声”，是北师大的徽识，它代表着北师大人“继往开来”的办学传统、“一以贯之”的精神传承，象征着北师大人矢志教化、育人兴邦的事业追求。

百年校庆以来，北师大各项事业进入了加速发展的快车道，广大师生对强化学校办学优势和特色更加自觉，对师大办学传统、师大校训、师大校风等文化品牌更加珍惜，对学校进一步提升综合性的办学实力、确立建设世界一流大学办学目标的期待更加迫切。

在此背景下，学校组织力量开始创作新的校歌。2011年，新校歌面向学校师生征求意见。2012年，由梁振华等作词、王诺文作曲的新校歌正式在全校唱响。

木铎金声世所崇。学为人师，教化从容；行为世范，砥砺无穷。国运昌，民智弘，育人兴邦肩任重。巍巍师大，兼济天下气如虹，巍巍师大，育人兴邦众愿同。 育才宏基千秋颂。学为人师，教化从容；行为世范，砥砺无穷。立天地，展鲲鹏，薪火相传志恢弘。巍巍师大，治学修身乐为公，巍巍师大，薪火相传志恢弘。

现行校歌注重与前几版校歌的承续关系，充分吸取了前几版校歌的优秀元素，在表现形式上，调和雅俗，融贯古今，是对师大校训、育人理念、时代使命与精神追求等最具师大表现力元素的一次较为全面的整合。与前几版校歌相比，现行校歌旨求通俗、义取综合、音调谐和、寓意深远，通篇歌词贯穿了薪火相传的师大志向和育人兴邦的师大使命。

历史上的北师大，曾先后有北京女子师范大学和辅仁大学的并入，两校也都有自己的校歌。其中彰显出的精神追求，也在不同程度上涵养了母校校歌的提炼和创新。

上述几版校歌，尽管歌词、曲谱不断变化，但歌词中“育人兴邦”的师大追求一以贯之，对珍惜母校声誉的情感、对母校辉煌发展的期盼弥久而醇。

今天，当“巍巍师大”的旋律唱响耳边，勾起我们思绪的，不仅是母校曲折而辉煌的过去，也可以是母校光辉而灿烂的未来！

@南国北师，我这里的银杏黄了，你那里呢？

推送日期：2018年10月28日

身远心近，陪你度过漫长岁月。　　嬉闹...

我们的故事好长好长，慢慢说给你听。

双城·印象

人文

一声来自北方的问候：
“喂，早上好哦！”
“嗯，o(´^｀)o。”

7：00 AM

8：00 AM　学习 ing

12：00 AM　开饭啦！！！

休息，
休息一下 ... 呼

01：30 PM

“妹妹可正读什么书 ~”
“译介的西人话本儿是了。”

03：30 PM

温暖捧在手心，阳光正好，
午后好读书 (* ω –q)

05：00 PM

“准备好了么？”

“看我的外旋发球！”
“月亮截击！”

锻炼时间 (>ω<*)

“嘿，你拦得住我么？”

“看我火锅！”

（左？右？左？右？随便啦）

（呜哇，他会踢哪里啊 (╯°　Д°　)╯ ）

06：00 PM

烘焙已经新鲜出炉咯，

配一点水果好啦～

再来一张煎饼，呼呼

愉快的一天呢ヾ(° ▽ ° ゞ)

风景

从曦园到南曦园，
到来与归来，
青春与迟暮。
北师大的时光，
我们的共同记忆。

科技楼前　乐育湖畔

北地的油柏，
南国的棕榈，
同样宁谧的小径，
通向不同的美景……

东操场　国交足球场

健康、活力、激越……
今天依旧奔跑，
步伐不停，
从南到北。

教八楼　图书馆

光滑与斑驳，
现代与古典，
爬山虎缀满墙头，
大理石映照着，
学子南来北往。

木 铎

自北而南，薪火相传。
金声玉振，化成天下。
其心一也，其志不易。

2001 年

吾妹阿珠惠鉴：

兹启者。

京城的初雪，几日前便落下，然吾妹已欣然起行，不曾看见。河东先生有云：蜀犬吠日，粤犬吠雪。想来岭南之地，虽无风沙之虞，亦少了山舞银蛇的景致，憾事也。

曦园 南曦园

念吾妹之行，愚兄忧叹良久。相去万里，天各一涯，照应不得，此忧之一也；吾妹尚幼，涉世未深，独往异乡，此忧之二也。然吾妹早慧，心窍玲珑，治学修身不辍，有兼济天下之志，古人云：天下谁人不识君。吾妹勤且艰若此，“学为人师，行为世范”之训当闻于南海。

吾妹在南，愚兄在北，虽居双城，心一也。身远心近，何当暂忘，海上月升，千里婵娟。夜不能寐，披衣而起，稿纸几易，心乱如麻。笔墨寥寥，不足言情，万里之遥，惟祈平安。

专此顺颂曼福。

2006 年

吾兄：

北国的秋叶，素来最爱踩响落叶的我，已经两年未曾见过。虽已十月，山谷中的棕榈依旧浓阴俱绿，摇曳在鼎盛日光间。我常透过这斑驳树影，瞧见与兄在曦园一隅戏闹，念来甚是欢欣。近日百岛风起，想来京城早已寒色郁郁，还望吾兄在京时添衣，常思饮。

从北到南，平原山川，千里坎坷，刚踏上南方的湿濡，竟有些恍惚，不知所措。收到吾兄信件，方才端正心神，潜心治学，实旷来远，继往圣绝学，在此之上，不忘创新，开放兼怀。兄似陌上君子，如切如磋，如琢如磨，愚妹必定惠心纨质，不让须眉。吾兄之忧，此时不可放心，他日必定不负所望，使“学为人师，行为世范”之训，扬名南粤，接轨四海，望吾兄静候佳音。

逝者不舍昼夜，星辰明灭从不与人共老，初来乍到，每经丽泽湖、南曦园，总会念及吾兄。还常盼几时能聚于凤凰山下，杏坛路南。路途维艰，还望吾兄与我并肩前行，使百年木铎金声，振彻世纪新校。

学而书院 元白楼

2011 年

……

古人云：逝者如斯夫，不舍昼夜。而京城不可复识也，虽欲言曦园吐翠，可缓缓归矣，又恐终风且霾，惠然肯来？

听说南国日光正好，雨水丰沛，不似北地天干物燥，想来这些年也少不了倚窗听雨的雅事，若落在傍晚，正赶上散学吃饭的时候，屋外冷雨轻敲，盘中热食氤氲，也是恬然静好。

这就谈起了吃食，此处你从来不吝笔墨，初到时，便总提及各色汤煲，之后便是小吃茶点，吾妹知我，专勾我的馋虫，就不知学会了几样，可否令我一饱口福。

又忧心吾妹此间乐，不思蜀，把教工的面点，学五的小菜忘了精光，又逢着地儿挪去别处，他日归来，怕作了烂柯人。

戏言，戏言。

……

2016 年

吾兄：

细细数来，十载有余，许久许久，思哉念哉。每盼吾兄见字如晤，减免担心忧虑，却不想我在中秋之时，对铎兄的思念如当日满月，消减清辉。然心中使命难违，欲使师大薪火燎于南粤之地，只得更加充实自我，以早日与兄相聚。虽有千里距离，然心有灵犀，同叹逝者往矣，人生碌碌，荣枯有数，得失难量，路遥且艰。而仍愿归于吾兄身侧，长亭垂柳，品茶论道，一室缱绻，烟火神仙。

新乐群 湖畔餐厅

正如吾兄所想，不似京城少雨多风

沙灰霾，往南十七纬度，确是另一番景致，励耘楼前木棉常开，南曦园中绿植掩映，木铎金声正对丽泽芦苇，所思秋深露水不成霜，吾兄何时与我同袍？

既重提美食，不免多费笔墨，才不辜负此等幸事。学三的米线像极了师大小巷中的小铺，昔日与兄得闲总惦念那处，即使排队的人络绎不绝。而岭南特色，虾饺叉烧，自是别处不及，独具风味。南方盛产瓜果，品类繁杂，但我最想念的还是路口果摊，从莲蓬到蜜桃，挂住几个春秋。煲汤煮粥的手艺我也颇有心得，彼时铎兄要是试上一口，必定回味无穷。

至于吾兄戏言，还是杂着艇仔粥与流沙包，笑于腹中吧。

2018 年

自珠儿南下至今，近十七载，虽书信频传，言见信如面，终是不见斯人，怅然若失。十七年间，师道弘，学子众，从无到有，各方联动，享誉南海，立足全球，无负当日之托，播盛名于海外，校歌有言：“立天地，展鲲鹏，薪火相传志恢弘。”吾妹所为，正合此语。

遥想当年，体育馆初成，又逢奥运，喜事一桩，这一方小天地，敲敲补补，愈发精致。到如今，麻雀虽小，五脏俱全，便利良多。

也因这地尽其用，美则美矣，总有几分促狭，兼之生源日广，愈发微妙。

愚兄虽愚，亦早有安排，兴土木于昌平。而今校区初成，美轮美奂，较之新街口，各有风骚，不日分流，则可两全其美。

小黄车 小橙车

今之北师大，日新月异，学子日众，愚兄之责愈重。自总书记来校予我以“四有”教师之训，国家又委我以“双一流”之任，拟“一体两翼”之办学格局，欲建综合性、研究型、教师教育领先之中国特色世界一流大学，愚兄夜以继日，勤耕不辍，盖因不忘“学为人师，行为世范”训诫之故。不忘初心，方得始终，特言于此，与吾妹共勉。

……

吾兄：

又是一年白藏之夜，翻起过往信件，睹物兴情，满怀十余年岭南岁月想要诉于吾兄，却又觉繁杂冗长，不知从何说起。索性拈来近况台风一事，与吾兄倾说一二。

去年今夏，台风侵袭南粤，山谷也未幸免，十余年前扎根于励耘楼前的榕树于台风后，轰然倒下，然不日前，凭借一围栏杆，榕树又立于校铭石旁。

兄忧虑我年幼离家，而今我却已独自面对风雨，不惧前路艰险，兄挂念我思乡不得，而今数年积淀，从荒芜山地到繁茂山谷，路有坎坷而我步步从容，卑亢之间，不曾忘“学为人师，行为世范”之训，砥砺前行，异乡已然是我的又一故乡。

迢迢千里来到山谷之中，几经波折才得在今日宽解吾兄忧虑，实在羞愧，好在终得偿所愿，不负铎兄与我所志。国家委以重任，铎兄必当愈加勤勉，愚妹在千里之外夙兴夜寐，只望能助兄增光添彩。日新月异在当下已是必然，校区几年前后也多有不同，遑论百年学府，他日得空，必定与兄叽喳一番，一来诉多年相思，二来讨女儿情态，三来与兄心一，兴邦育人也。

2019 年

未完待续

扫描二维码浏览原文

师大宝藏 | 四大博物馆奇闻录

推送时间：2018年11月16日

一、校史馆

校史馆又称形象陈列馆

始建于建校110周年之际

面积接近1500平方米

▲校史馆

文化之醇厚

形象陈列馆勾勒了北师大筚路蓝缕的世纪征程，罗列了学贯中西的名师大家，标榜了青史可载的重要事件，展示了继往开来的学术成果与百花齐放的院系风采，集中呈现了北师大人“爱国进步、诚信质朴、求真创新、为人师表”的优良传统，“学为人师，行为世范”的校训精神，以及“治学修身，兼济天下”的育人理念，照亮了百年学府生生不息的精神夜空。

展陈之丰富

形象陈列馆由“一轴四厅一廊”组成，在校史厅、名师厅、特色厅和启功厅中展出了近百件珍贵的历史文物。

▲馆内藏品

▲馆内藏品

特色厅以专题展览的形式，呈现了学校在人文社科研究，科技研发以及拔尖创新人才培养方面的标志性成果。其中包括文史特色展、信息科学研发成果展、校友作家展、地理学科早期研究器具展。

启功厅展示了国学大师启功先生的著作之丰，技艺之精和师生之情。先生品德之高尚，学术之精深，成就之卓著，是后人薪火相传的典范。启功厅收集整理了先生生平旧物、书画瑰宝，道百年先生事，忆数载师生情，激励吾辈后生传承先生修身治学之精神，弘扬师大朗朗乾坤之精魄。

▲启功先生

二、弘文轩

▲弘文轩

无论在何年何月
一件件精美的文物
总能让人惊叹不已、啧啧称奇

古老的文物背后
蕴含的是一段段
或热血沸腾、或凄美哀婉的历史与故事

▲馆内陈列

北京师范大学图书馆为首批“全国古籍重点保护单位”，馆藏古籍逾40万册，其中130种古籍入选《国家珍贵古籍名录》。宋元古椠，明清精刻，名家稿抄本、批校题跋本等，均弥足珍贵。

弘文轩是北京师范大学图书馆展示馆藏古籍精品的重要窗口，图书馆员定期规划主题，精选藏品，向读者展示馆藏古籍的收藏历史及历代古籍精品。

溯源·师大变迁

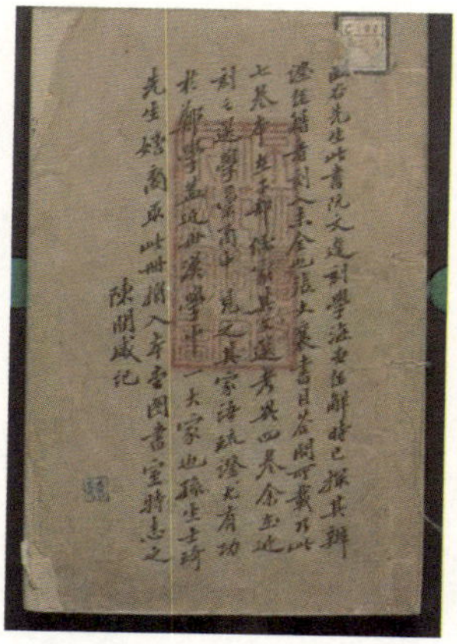

▲馆内藏品

在馆藏源流展中，我们可以看到一方方红色的印章。这些钤印在书籍上的馆藏章，记录了北京师范大学在历史各时期的更名历程，见证了北京师范大学百年的历史变迁。

启功先生在《北京师范大学图书馆概况》（1989年）中提到本校图书馆“聚合旧师大、旧女师大、旧辅大所藏”。其中“旧师大”和“旧辅大”分别指1952年院校调整前的北京师范大学和辅仁大学。“旧女师大”即民国时的北京女子师范大学。这三所学校的馆藏共同构成了北京师范大学图书馆馆藏的基础。

▲馆内藏品

流传·经典永存

除了古籍，弘文轩还藏有许多影印的经典书籍，包括《琵琶记》《脂砚斋重评石头记》等，在书页的翻动间，将经典流传。同时，馆内还展示了木活字、锡活字等珍贵藏品，

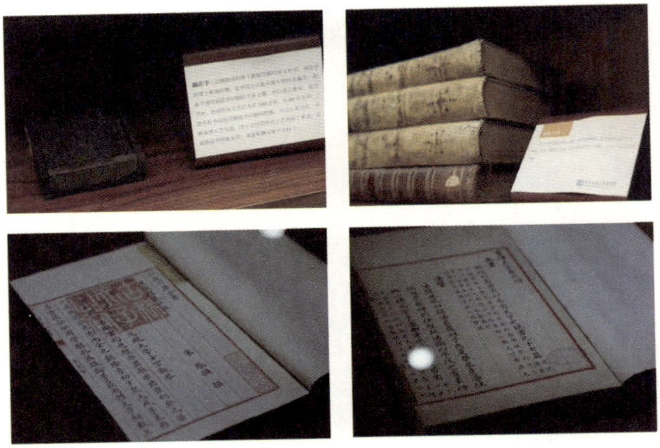

▲馆内藏品

让每一个参观者在了解历史的同时惊叹于古代人民的智慧，通过这一件件陈列的实体，穿越浩瀚的时空感受情感的共鸣。

思古·馆藏精品

馆内按照唐宋元明清的历史发展顺序展示了经卷、文集等，透过暗黄的书页，仿佛能够看到那些默默守护着这些脆弱的纸张与卷册的书生们，因为敬畏与热爱，才得以让一卷卷古籍穿越兵火燹灾，渡过重重浩劫，一直流传到了今天。

三、文博馆

▲馆内藏品

如果说
每一座博物馆都是民族文化基因的宝库
每一件文物的生命轨迹都让人为之叹服
那么，北师大文博馆承载的
便是一代代师大人对历史的敬重与热忱

北京师范大学文物博物馆，是在已有五十余年历史的北京师范大学历史系文物室的基础上建成的，收藏文物一万三千余件，陈列展出精品文物217件。其中，殷墟甲骨，商周铭彝，唐人写卷，徽州文书，清代瓷器等，堪为文物精品；比较完整的新莽货币等农民政权所铸钱币、明末大顺地方政权官印等，更属海内遗珍。馆内文物的皮藏凝聚了陈垣等老一辈学者和学校广大师生的心血和智慧。

▲馆内藏品

“陶”醉千年

陶，出于土，而炼就生活。它需要摔打、捏塑、烧制。制陶如塑人，历经锤炼，陶土便成了器，变成神态各异的样子，融入人们的起居生活。你捧着这彩陶壶，就如捧起一抔四千年前的泥土，也捧起一抔中华文明起源的泉水。

“铭”记历史

▲馆内藏品

秦始皇铜诏版

不只是青铜礼器上刻有记录历史的铭文，眼前这块青铜版向你讲述的便是秦始皇令隗状王绾统一各地度量衡的历史故事。这几十字铭文刻下的是秦始皇统一度量衡的诏令，是中国统一的强大力量。

青铜甗

“甗”，为中国古代炊器，甗上部为甑，下部为鬲，甑与鬲之间为带孔的箄，用来盛放食物。使用时，可在鬲中盛水，点火后，水遇热蒸发，即可通过箄孔蒸熟甑中的食物。

青铜甗流行于商代至战国时期，出土的铜甗一般很少带有铭文。文博馆展出的青铜甗内壁刻有铭文以记叙发生在当时的一个重要事件，实属罕见。

这件文物展现的不仅是商周更迭的年份，更是由千年不断的文字所传承至今的华夏文明。通过一件文物，几十个铭文，跨越两千年，你会与祖先有着怎样的交流呢?

精“彩”纷呈

文博馆展示有历代造像、三彩以及名窑瓷器。其中三彩以唐代的三彩武士俑和镇墓兽最具特色；瓷器以明清两代的青花瓷、彩瓷最为出众。

▲馆内藏品

从北齐皇建二年鎏金铜造像到唐代泥塑胡人俑，你可以看到民族融合的异彩纷呈，听到张骞的队伍驼铃悠扬；从康熙五彩耕牛纹瓷盘到雍正粉青瓷瓶，你可以看到民间的生活气息与宫廷的精致生活相得益彰。

“玉”你相遇

“古之君子必佩玉。”古时人们把所见所想，浓缩成玉片，让亿万年生命的玉与数十年生命的人短暂相遇，将彼此的生命互相给予，如此表达对天地万物的爱与敬意。《周礼·玉藻》更是把玉佩上升到礼法的高度，细密的花纹体现技艺的精湛，毫厘的薄片象征着礼数森严，卷曲的玉龙是中国传统文化的独特符号。从礼玉到佩玉，你眼前这形态各异的玉器，行走了亿万年，只为在此与你相遇。

五千年华夏文明在此一览无遗，从龟甲兽骨上的卜辞到秦始皇铜诏版上

▲馆内藏品

的篆书，从商周青铜器到明清各色瓷器，秦始皇统一度量衡，张骞出使西域，聚落壮大成为王朝。

历史在这里交汇，最早之中国，沧桑砥砺，前行未断，才有了今日之模样。

这里不仅是你了解历史的不二之选，更是师大人了解师大变迁的窗口。

北京师范大学文物博物馆，万余件珍贵文物，正等待着你来探寻。

四、标本馆

接下来注意你的四周，
你将会看到许多“珍禽异兽”和“奇花异卉”。

▲标本馆

▲标本馆大厅

标本馆位于我校生物楼后面北侧，标本制作的历史可追溯到1908年京师大学堂博物实习科，历经百年沧桑，汇集了京师大学堂、北京高等师范学校、北平女子师范大学、辅仁大学和北京师范大学几代学人所采集、收藏的标本。现藏标本三十余万件，其中包括许多珍稀濒危物种、生物演化中的重要代表以及具有历史和文物价值的珍贵标本，是我国高等院校中历史悠久、特色鲜明的动植物标本馆之一。

▲馆内标本

神奇动物”在哪里?

四层高的标本馆，分层珍藏着各样的标本，从海洋到陆地，从远古到近代，从中国到外国，每一层将带给你不同的体验：一层主要展出无脊椎动物和鱼类、两栖类、爬行类，二层主要展出鸟类，三层主要展出哺乳类，四层展出植物。

馆内藏有国内收藏种类和数量最多的蜂鸟标本、北京高等师范学校时期的植物标本、民国四年金钱豹标本、1960年由郑光美院士在陕西收集的秦岭大熊猫模式标本等，值得一提的是国内不多的澳洲鸭嘴兽标本、晚清京师大学堂时期的龙虾外骨骼标本。清光绪年间的海胆标本、龙虾标本，民国年间蜂鸟标本，都是镇馆之宝。

▲鸭嘴兽标本图

▲扬子鳄标本图

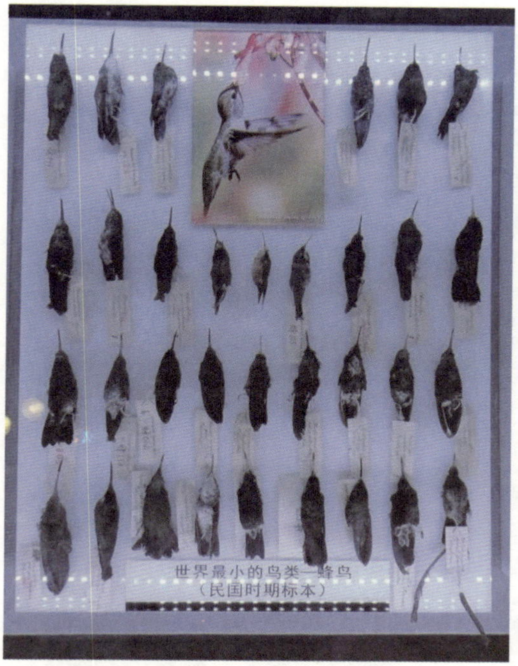

▲民国时期蜂鸟标本图

▲清光绪年间海胆标本图

▲北京高等师范学校时期植物标本图

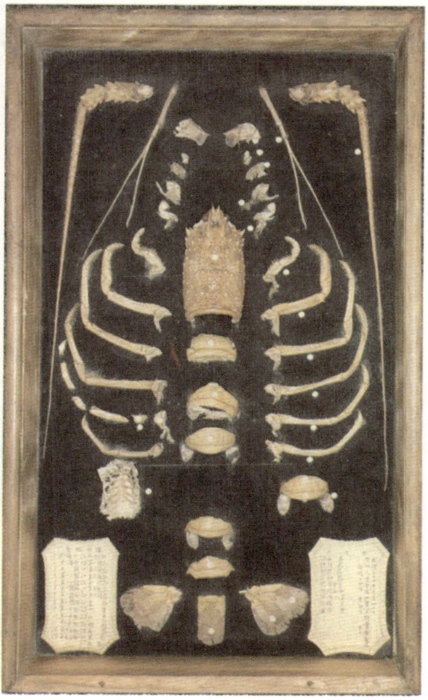

▲清光绪年间龙虾外骨骼标本图

▲民国时期动物标本图

▲南极企鹅标本图

▲1940年日本产寄居蟹和藤壶标本图

▲北平师范大学螳螂虾标本图

▲秦岭大熊猫模式标本图

四大博物馆的旅程是否让你意犹未尽？这里所展示的，不过是这四座博物馆珍贵馆藏的冰山一角，更多的宝藏还需要你自己去探索，去欣赏。

▲民国四年（1915）金钱豹标本图

希望在将来，在博物馆里那些书卷、标本、器具之间，有你的身影停留，你的眼神能被它们牢牢吸引，你能感受到它们的温度、它们的深意。这样，北师大的文物才不是尘封的历史，而是如文化自信所强调的那样，真正地活起来！

BNU · SNAP 第二弹 | 师大秋冬时装周：老师们的秀场，不只是课堂！

推送时间：2018年11月21日

还记得我们推出的师大秋季街拍吗？

有颜有个性的小姐姐

哪一款是你的最爱？

凛冬来临

气温迅速下降

北风也加大呼啸的力度

在这样的季节里

北师大的老师又会展现怎样的风采呢？

BNU · SNAP 第二弹：北师大老师街拍为您揭晓！

天文系 张保洲老师

▲张保洲

摄影爱好者们不妨在初冬的暖阳下找寻一处树荫，在树叶形成的错落有致的阴影里拍摄远处阳光下的红叶。要选择适合的取景对象，一副文艺青年喜爱的半框眉镜必不可少，一身黑色套装，内搭暗红色衬衣，彰显了绅士气质。大容量的书包里装着的不只是教学研究的资料，更是岁月积淀下的睿智的结晶。

物理系 梁颖老师

藏蓝色的中长西装领大衣搭上同色系的条纹毛衣裙，显得优雅十足。黑色的羊绒裤和毛绒短靴更是增添了温暖与温柔。点睛花色小方巾焕发出生机与活力，让人倍感亲切。臂上轻便的墨绿色手提包让多少学生想起自己梦中长大工作后典雅大方的自己。

▲梁颖

历史学院 王开玺老师

▲王开玺

早晨出行需要轻松而利落，蔚蓝条纹衬衣与浅蓝水洗牛仔裤相衬，将休闲与正式的结合完美诠释，展现了雷厉风行的飒爽英姿。干净的白色防风夹克和藏蓝色的毛毡帽是抵抗秋冬寒风的利器。再踏上一双舒适的黑色运动鞋，让它带你去任何想去的地方。

教育学部 张东娇老师

▲张东娇

袖细纹廓形外套和经典的休闲小脚牛仔裤是打造青春活力的利器。麻质背绳棕色棉布袋展现了一颗纯朴自然的心。选择一双棕色皮质踝靴，优雅而温暖。配饰上以保暖为主，选择紫灰方格的流苏围巾，和紫色边框眼镜完美互搭，散发出宁静的学术气息。

环境学院 Mark Brown

▲ Mark Brown

藏蓝色 polo 衫套上帅气休闲的棕色皮夹克，挺括而时尚。再选择经典的直筒牛仔裤，充满生机的运动气息扑面而来。

背上一个运动黑色双肩包，踏上一双充满质感的棕色牛皮皮鞋，宛如都市丛林中的西部牛仔，有着不失时尚的动感，又体现了自信和从容。

统计学院 赵楠老师

▲赵楠

一杯热咖啡可以开启活力的全新一天，从容的笑容也可以。套一身卡其色保暖夹克，选择浅蓝衬衣配深蓝西裤，再拎上公文包，前往课堂路上的自信沉稳的步伐不仅彰显了男士的英气儒雅，更体现了内里的广博才学。

政府管理学院 罗宇维老师

▲罗宇维

说起冬日，毛绒材质一定有其一席之地。一件毛绒绒的棕色外套在冬日里和微笑一样总能起到温暖人心的作用。内搭选择与婷婷袅袅气质相配的黑色天鹅绒连衣裙，胸前的珠宝纽扣和叠层装饰分外精致，让人看了不禁想踮起脚唱一曲《洋娃娃和小熊跳舞》。

将头发用发卡细心别好，用满满元气驱散冬日寒气吧！

▲宋旭晨

出版集团 宋旭景老师

师大校园的初冬美景谁看了不流连忘返，浅灰色格纹毛呢外套和同色系浅色针织围巾足可满足外出赏景的保暖需求，提上轻便的牛皮小包，灿烂的笑容和午后的太阳一起让这里的金色小天地温暖了几分。

▲林瑞红老师和同事们

教务部教室资源办公室 林瑞红老师和同事们

一千个人有一千种对秋冬季节的精彩演绎，无论是选择毛衣大衣还是卫衣羽绒夹克，选择低调优雅的暗色还是朝气活力的亮色，都能在师大铺满金色落叶的星光大道上展现自己的魅力。握起手来并肩齐行时，暖意在彼此心间涌动。

▲大宝老师

实验幼儿园 大宝老师

孩提时最开心的莫过于放学后拉着妈妈温暖的手，紧紧跟着妈妈的步伐踏向回家之路。妈妈的手心为什么永远那么温暖呢？也许这就是格子围巾和黑色大衣的神奇魔力吧！柔软的大衣散发着妈妈独特的气味，使人安心。穿上妈妈为自己挑选的羽绒服，在路上和妈妈分享白天在学校里的趣事时开心又温暖！

艺术与传媒学院 徐梦婕老师

趁严寒未至，选择一件足够保暖的大衣绝不会错。好天气不如抛弃沉重的黑色和藏蓝色，选择一件驼色中长大衣，集轻便温暖于一体。再配上同色系的围巾和粉色提包，更散发出温婉气质，最后利落地以牛仔裤和短靴结尾，迈向前方的每一步都帅气地气场全开。

▲徐梦婕

每一位行走在师大校园里的人都是师大的主人公，看完了各具风采的穿搭后，你是不是也为师大老师和工作人员们的气质与魅力折服了呢？

扫描二维码浏览原文

师大芳华丨77、78级校友的四十年记忆

>>> 推送日期：2018年11月24日

在40年前的北师大

有这样的一群人

他们站在改革开放的肩膀之上

承前启后 亦师亦友

于国于家 非脊即梁

他们便是77、78级校友

作为北师大人

他们炽烈的青春记忆

反映了新时代的无限生机

今天

就让我们走进他们的老照片里

一同感受他们的黄金时代吧

壹 · 年少初识门庭

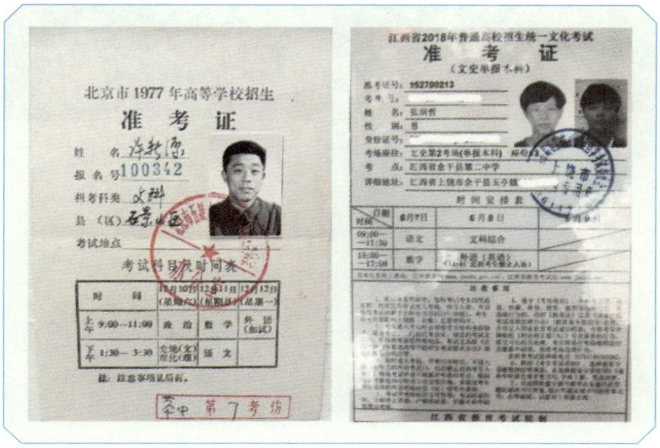

时光过去四十年

高考变了，印刷变了

准考证也变了

只有少年英气不曾改变

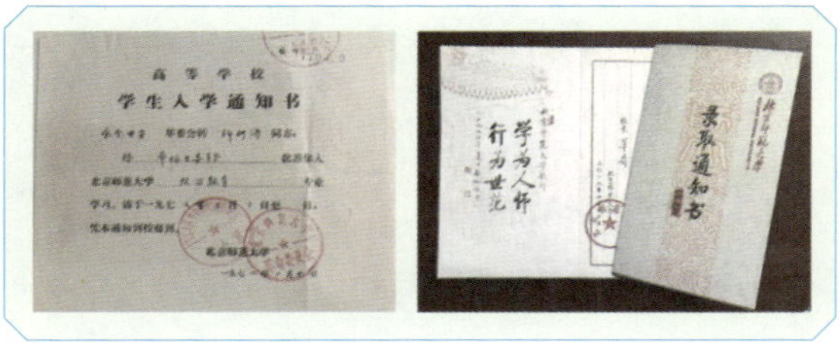

那时候的我们

怀揣朴素的通知书

心里依然甜蜜得像装下了整个世界

你们看电脑

我们看书

重要的不在于此

而是总有人陪着一起

素淡的世界

或许不如你们这么多姿多彩

我们喜欢把手握在一起

就这么牵起四十年的友谊

贰 · 凝墨笔尖锋芒

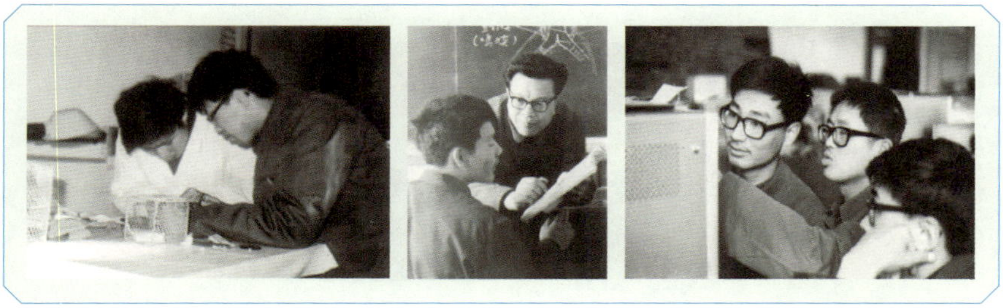

简朴的教学环境里
彼此扶持、互相帮助
平凡的就像
今天吃你家寄的咸榨菜
明天吃我家寄的红薯干

总是这样的
一朵云推动另一朵云
一棵树摇动另一棵树
一个园丁灌溉另一个园丁
薪火相传 生生不息

卡带机、无线电
我们也曾走在潮流的前沿
笔墨挥洒，无负韶华

教室里、书架旁
朗朗书声是青年的口号
书生意气，挥斥方遒
历史笔记图 生物笔记图 实验报告图
过去的笔记总是写在纸上
不容易擦，也就不容易忘
那整齐的字迹
一晃存留四十余年
未敢相忘

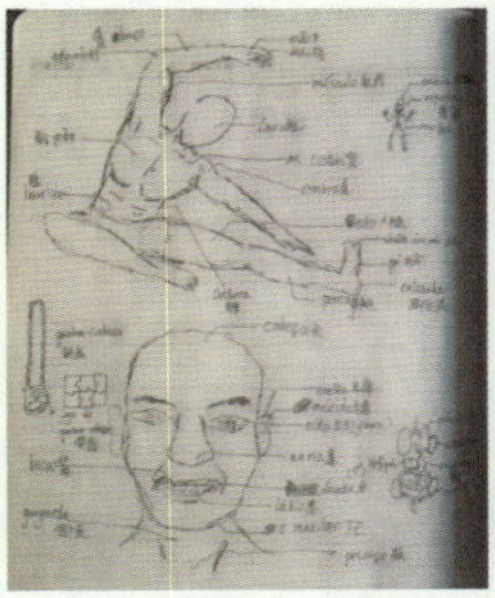
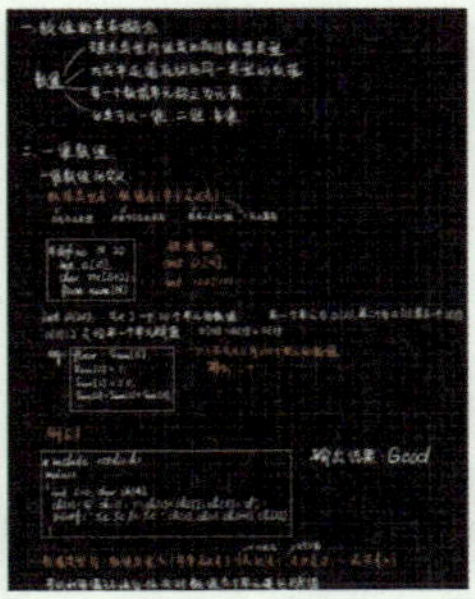

C 语言笔记，3D 笔记
年轻人真是越来越会玩了
未来是你们的
也是我们的
但终究还是你们的

叁 · 实践方得真知

用脚步丈量变化的世界
现在的每一步都走得踏实

青年人永远在路上

从古至今，未敢忘记

用双眼眺望遥远的宇宙

每一份未来都饱含光芒

技术飞跃进步

但对宇宙奥妙的追求

却成为了永恒

那个时候

日子怎么过

实验总是肃穆的、安静的

只有从眼神里

才能看得出

跨越时空

那份相同的炙热追求

永远选择出发

有着最朴素的生活

也有最遥远的梦想

总要行走着
哪怕前路未知、道路绵长
去感悟历史、书写未来

肆 · 生活似水流年

天涯海角，时空流转
我总是想起那些歌声
在生命的角落响起
是一种温暖，是一种力量

承前启后，继往开来
在一年又一年的传承中
师大人携带着音符唱响爱国篇章
从未停止

玩过大刀，打过靶
还有集体课间操
小子们，你们就羡慕吧

做美食、打辩论
还有教师素质大赛
我们的活动也不差呢

从那个年代传来的琴声

稀有、顽强也珍贵

听一首曲子

能开心一整天

依旧是吹拉弹唱才艺缤纷

灯光变成彩色、舞台变得绚丽

艺术带给我们的享受却从未改变

虽然相机不像今天那么好

照片也都是黑白的

但我们有彩色的心

有彩色的梦

要是时光倒转四十年

（篮球）你们可不一定能打赢我们

爬长城，参观圆明园

去游玩，是我们最大的娱乐之一

一路说说笑笑、打打闹闹

四十年前如此

四十年后如此

一代代捧起的

不只是奖杯

还是师大人四十年来不变的体育情怀

伍 · 毕业非同学成

白衬衣的青春

四十年前的故事

印在了照片里

留在了记忆中

大学时光一晃而过

我们，毕业了……

岁月是会行走的，它行走在流逝的时光中；岁月是会停留的，它停留在永恒的记忆中。谨以此篇致敬四十年前的老学长和继往开来的你们。

扫描二维码浏览原文

师情话忆四十年丨邀你穿梭时光隧道 走过跨越之门 感受四季如歌

推送时间：2018年12月11日

一位78级本科生

从青年到中年，从学生到教授

从受教到育人，从聆听者到讲述者

一所百年名校

木铎金声，弦歌不辍

育人兴邦，任重道远

一个伟大国家

栉风沐雨，砥砺前行

改革奋进，走向辉煌

登上时光专列，让我们一起去感受

一篇往事，一段历史，一份教育情怀，一个家国梦想！

思初识门庭

怀揣录取通知书

坐着绿皮火车

进校门 过主楼

开学典礼，一张张新鲜的面孔

同学少年，意气风发

看青春面庞

晨读、上课、课外实践
听大师传道解惑

摄影、运动会、艺术体操
青春正芳华

记岁月变迁

广场、主楼、东门、图书馆
游泳池、科文厅、体育馆
曾经是怎样的模样？

师（chi）范（fan）大学的食堂和饭票

原来曾经是这样

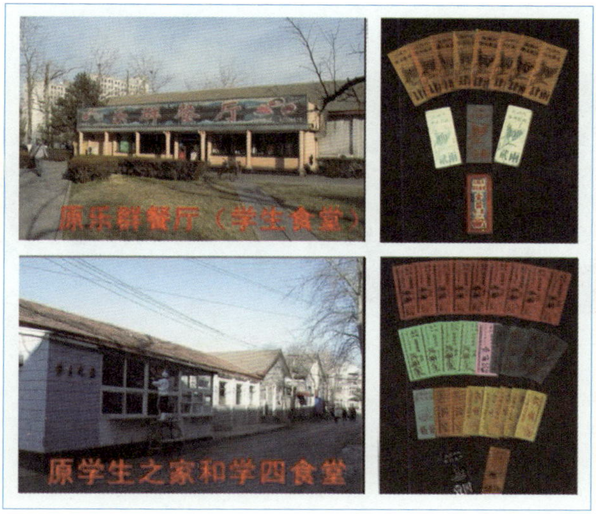

听骊歌声声

这一天，毕业了

怀着梦想和希望，走出校园

忆师大往事

斯蒂芬·霍金、科比·布莱恩特

原来都来过师大

留学生文艺汇演？

上世纪的国际范儿

庆祝教师节

我们打出“教师万岁”的条幅

堪比明星的北国剧社定妆照？

校训背后的故事

与一位可敬可爱的老先生

讲台上传道授业的老师们

当初也有青涩的模样

感家国情怀

香港回归、澳门回归

难抑激动的心情

亚运会、奥运会

师大人的身影一直都在

新中国成立六十周年庆典

师大校旗在天安门广场迎风飘扬

让我们一起坐上时光机

穿越四十年

去看专属于北师大人的辉煌历程！

扫描二维码浏览原文

师大月历 | 二零一九，和南国北师共赴一场初雪之约

推送时间：2018年12月30日

寒风裹挟着一年的岁月呼啸而过
2019正迎面而来
几天前，小编收到了珠儿妹妹的问候

南国姑娘的梦境美得纯净
从未下过雪的凤凰山谷
让许多人心里存着一个关于雪的愿望

来信收悉
希望在这个冬季
与你共赴一场初雪之约
没有一个冬天不可逾越
没有一个春天不会来临
让我们为生命增加一些仪式感
以这份师大月历开启即将到来的
崭新的一年

站在辅仁校园内眺望
汉白玉的须弥座
红色雕花的木制窗框
大门墩柱上蹲伏的石狮
处处流淌着时间的痕迹

秋叶落尽
归于泥土
等待春天的信号

猫咪在山石上打盹
冬日的阳光洒在桌前
落下斑驳的光影

以文会友，以友辅仁
漫步于长廊
世间万物静默无声
只剩步履缓缓、从容安宁

还记得那年一月的雪吗？

雪后的北京

褪去纷扰

有了一种安静的力量

在每一寸有着历史重量的砖瓦上散发恒久的魅力

扫描二维码浏览原文

新年献礼丨我和我的祖国，北师大师生深情放歌，比心中国！

推送日期：2018年12月31日

2019年

是新中国70华诞

岁末年初

北师大师生深情放歌

我和我的祖国

新的一年一起出发

北师大《我和我的祖国》快闪首发！视频里有美丽的昌平校园，有热情的师大师生，有真挚的新年祝福。此刻热血沸腾的你，是不是很想了解一下快闪背后的故事？

被快闪打动的你有没有发现，歌曲中间唱 rap 的几个帅气小哥哥？对，就是这里。

我和我的祖国 一刻不能分割
无论我们走到哪里 都流出一首赞歌
我歌唱每一座高山 我歌唱每一条河
我最亲爱的祖国 永远紧贴着你的心窝
你用你那母亲的脉搏和我 诉说
学为人师 行为世范
有理想信念 有道德情操 有扎实学识 有仁爱之心
我们努力争做未来的四有好老师

这段 rap 融入了“四有“好老师标准，这也是新时代北师大的育人追求。

听到这熟悉的旋律，有没有发现与以前听过的版本有哪些不同？

经过重新编曲，融合了民乐元素：笛子、古筝、琵琶、二胡，体现了中华传统文化的独特魅力。

咦~发生了什么？被悠扬歌声吸引的同学们

深情表白祖国，用心歌唱的快闪者

迎着第一缕朝阳，北师大女子国旗护卫队的小姐姐们英姿飒爽

这是在哪里？堪比国图的昌平校园中心地下区

昌平校园主楼木铎前，送上新年祝福

亲爱的祖国母亲
这是百十又七的巍巍师大
这是爱国进步的北师大人
送给您的一首生日赞歌

2018，再见；2019，你好
让我们一起，
为祖国加油！
为自己点赞！

扫描二维码浏览原文

快戳视频聆听北师大人的深情表白

附　录

2018 年 BNU 官微推送一览

序号	标题	推送日期
1	你好，2018 丨北京师范大学 2018 新年贺词	2018-01-01
2	今年，北师大人收到的最遥远的新年祝福，来自南极！	2018-01-02
3	权威发布丨北京师范大学 2018 年艺术类本科、高水平运动队、运动与训练专业招生简章	2018-01-03
4	回首八年温暖感动，共待明日荣光绽放！	2018-01-04
5	这两位“90 后”的同框，告诉你什么是青春万岁丨2017“感动师大”新闻人物温情揭晓	2018-01-05
6	张厚粲　王善迈丨 2017“感动师大”新闻人物短片放送	2018-01-06
7	岳昌庆　袁存进丨 2017“感动师大”新闻人物短片放送	2018-01-07
8	晚安故事 ｜ 若要问归期，大约在冬季	2018-01-07
9	李笋南　严宇桥 ｜ 2017“感动师大”新闻人物短片放送	2018-01-08
10	四次返场、掌声不断，北师大这场新年音乐会让人如痴如醉！（内附高清演奏会视频）	2018-01-08
11	陈子艾　刘爱华丨 2017“感动师大”新闻人物短片放送	2018-01-09
12	北师大欢迎你！北京师范大学 2018 年外语类专业保送生、高水平艺术团招生简章发布！	2018-01-09
13	虎豹研究团队　本科教学督导团丨2017“感动师大”新闻人物短片放送	2018-01-10

14	入选首批“全国高校黄大年式教师团队”，北师大这个团队不一般！	2018-01-10
15	我校两项科研成果获 2017 年度国家科学技术奖！	2018-01-11
16	莫言郎平都为他们打 call ！北师大这个组织究竟有什么秘密？	2018-01-12
17	缅怀丨田聪明学长与北师大的二三事	2018-01-13
18	晚安故事 ｜ 你见过凌晨三点的世界吗？	2018-01-14
19	听说，这才是寒假的正确打开方式！	2018-01-15
20	挑战这些事，尤其是最后几件，你敢吗？	2018-01-16
21	你的暖心留校指南到啦！速速拆收吧！	2018-01-17
22	995 次，664 册，图书馆达人如何修炼？ 2017 北师大图书馆年度数据大盘点来啦！	2018-01-18
23	七年前，你为我织梦；七年后，我与你一起前行！	2018-01-19
24	北师大人眼中的世界！带你阅遍光影百态……	2018-01-20
25	晚安故事 ｜ 假期，我捡到了一封北师大人的情书	2018-01-21
26	北师大 15 位学者入选！ Elsevier2017 中国高被引学者榜单出炉	2018-01-22
27	祝贺！我校出版集团荣膺第四届中国出版政府奖先进出版单位奖！	2018-01-24
28	心之所向，无怨无悔！他们让世界更懂中国……	2018-01-25
29	2018，让我把北师大带回家乡！	2018-01-26
30	你养的蛙还没回家？它来北师大啦！	2018-01-27
31	这份荣光，属于 41 万分之一的你！	2018-01-29
32	北师大天文人带你看月全食！ 152 年一遇的奇观怎能错过？（内附观看指南）	2018-01-31
33	重磅！新中国第一次，党中央出台专门面向教师队伍建设的里程碑式政策文件！	2018-02-01
34	一场“蓝血月”星空盛宴引爆网络！其实宇宙中还有更多北师大人的印迹……	2018-02-02
35	总理 @ 你！郎平学长聚焦的这件事情，关系到你我他！	2018-02-03
36	刚刚，出成绩了！北京师范大学 2018 年硕士研究生入学考试初试成绩查询通知	2018-02-04

37	离开北师大的这三周，你过得怎么样……	2018-02-05
38	@全体北师大校友丨从北到南，程建平书记、董奇校长跨越两千公里送上暖心祝福	2018-02-06
39	免费师范毕业生们，北师大喊你回来读教育硕士啦！	2018-02-07
40	重要发布！看得见虎豹、管得住人，北师大研发的这个系统厉害了！	2018-02-09
41	你身边的贴心人和引路人！为北师大这支高“含金量”的队伍点赞！	2018-02-10
42	暖流——五年，习近平总书记的春节时光	2018-02-11
43	一曲《再别康桥》，让世界听到了来自北师大的天籁之音！	2018-02-12
44	让蛙蛙告诉你：放假在家，如何不被父母嫌弃？	2018-02-13
45	心系凉山——习近平总书记凉山扶贫纪实	2018-02-14
46	@全球北师人，答题抢红包，精彩除夕夜！	2018-02-15
47	当二十四节气遇见北师姑娘丨任星辰沉浮 伴祝福随行	2018-02-16
48	经典咏流传！看 CCTV 舞台上的北师大人“和诗以歌”展风采！	2018-02-18
49	暖心互动丨你有多久没有牵过她的手？	2018-02-19
50	如果有办法让妈妈变年轻，你愿意尝试吗？	2018-02-20
51	这个 120 秒的短片，温暖了整个春节	2018-02-21
52	家国天下：习近平总书记浓浓的家国情怀	2018-02-22
53	君且缓缓归，相见胜怀念	2018-02-24
54	晚安故事 丨 致冬安，问春好	2018-02-25
55	国际小伙伴你们好！北师大喊你来留学啦！	2018-02-26
56	四六级可以查分啦！稳住，都能过！	2018-02-27
57	直击北师艺考丨“00”后们来了！这是一场追梦无悔的旅途！	2018-02-28
58	北师大 6 个学科进入世界前 100！ 2018 年 QS 世界大学学科排名新鲜出炉	2018-03-01
59	跨越一个世纪，这封来自少年周恩来的深情家书，让人热泪盈眶！	2018-03-02
60	北师大，我带着满满当当的行李回来啦！	2018-03-03
61	听说点开这篇推送的人，开学前立下的 Flag 不会倒！	2018-03-04

62	聚焦丨北师大师生热议全国“两会”，点赞新时代！	2018-03-05
63	北师大两会“好声音” 丨聚焦学前教育，刘焱教授说给你听~	2018-03-06
64	女生节特供丨假如，你穿越到了《恋与师大人》的世界……	2018-03-07
65	世纪女神丨北师大物理学系 1929 级唯一女学生，中国空气动力学先行者	2018-03-08
66	叮！这是一份师大人的寒假返乡手记，请查收！	2018-03-09
67	毕业生都去哪了？北师大《2017 年毕业生就业质量报告》告诉你！	2018-03-09
68	北师大两会“好声音” 丨 庞丽娟：把改善与提高教师待遇置于财政投入重点支持领域	2018-03-10
69	北师大两会“好声音” 丨 庞丽娟：把改善与提高教师待遇置于财政投入重点支持领域	2018-03-11
70	一周早报 丨 新学期，又见面啦！	2018-03-12
71	教育部长为它点赞！这些美妙的诗歌告诉你，经典永不过时！	2018-03-12
72	光影丨腊梅花开，君可缓缓归矣	2018-03-13
73	悼念霍金丨 33 年前那场在敬文讲堂的报告，让霍金与北师大结下不解之缘	2018-03-14
74	北师大两会“好声音”丨党委书记程建平：“双一流”建设必须把质量放在第一位，聚焦高校内涵式发展	2018-03-15
75	读懂两会丨北京卫视专访北师大专家解读《政府工作报告》	2018-03-16
76	北师大这场初雪，我等待了一个冬天	2018-03-17
77	晚安故事 丨 没有什么烦恼，是浪矢杂货店不能解决的	2018-03-18
78	迎接人工智能 2.0 与教育信息化 2.0 时代！第三届中美智慧教育大会在京开幕	2018-03-19
79	官微招新丨这次错过了，下次可能要等半年！	2018-03-20
80	新时代属于每一个人！北师大学子热切关注十三届全国人大一次会议闭幕会和总理记者会	2018-03-20
81	官微招新丨这次错过了，下次可能要等半年！	2018-03-21
82	权威发布丨北京师范大学 2018 年自主招生简章出炉！	2018-03-21
83	北京市教育教学成果奖名单公示，北师大 60 项成果上榜！	2018-03-22

84	这位如星般闪耀的北师大女孩，“希望能把灿烂的民族文化，讲给全世界听……”	2018-03-23
85	万万没想到，在北师大的开学第一课居然这么“撩”人！	2018-03-24
86	晚安故事 ｜ 我长大了，但我不要变成无聊的大人	2018-03-25
87	开创新时代校友工作新局面！北京师范大学校友会第七次会员代表大会圆满举行	2018-03-26
88	重磅！北师大新增 4 个一级学科博士学位授权点！	2018-03-27
89	视觉设计招募丨北师大主页等最美的你来装点	2018-03-28
90	看过来！北师大新版中文主页正式上线啦！	2018-03-28
91	号外！北师大 12 人入选第三批国家“万人计划”	2018-03-29
92	博洛尼亚国际童书展的“中国时间”火了！然而，这个由北师大发布的排行榜也值得你关注！	2018-03-30
93	谁才是春日里的北师大最美校花？	2018-03-31
94	晚安故事 ｜ 今天，我有一句真心话想对你说	2018-04-01
95	一周早报 丨 2018 年北师大创新创业大赛开幕啦！	2018-04-02
96	北师大限定版拼图闯关，来挑战一下？	2018-04-02
97	官微喊你来评教，并准备了神秘大礼包！	2018-04-03
98	毕业倒计时丨从北师大到你心里，需要几步？	2018-04-03
99	送给奋战在论文一线的 BNU 小伙伴，论文宝典！	2018-04-04
100	一场春雪，迎了清明	2018-04-05
101	惊！他们竟捅了马蜂窝？	2018-04-06
102	从北师大到福师大 ｜ “情书”已至，千里之外的你近来可好？	2018-04-07
103	晚安故事 ｜ 你知道吗，大学四年本身就是一场蜕变	2018-04-08
104	一周早报 ｜ 第二十五届北京大学生电影节即将开幕！	2018-04-09
105	超厉害，他们抓了一群马特人来讲法治故事！	2018-04-09
106	是什么力量，让 100 位外国青年立志走遍中国河山，做中国故事的讲述者？	2018-04-10
107	师大故事征稿丨我想听你的故事	2018-04-11

108	第二十五届北京大学生电影节主竞赛单元入围名单公布，你pick 哪一部？	2018-04-11
109	重大消息！北师大马院思修老师天团正式出道！	2018-04-12
110	最动人的一句话，莫过于：我在北师大等你，你如约而至。	2018-04-13
111	第 25 届大影节开幕！最全观影指南 + 精彩活动看这里！	2018-04-14
112	晚安故事 | 理想在前，未来可期	2018-04-15
113	一周早报 | 活动情况、讲座信息……快戳进来！	2018-04-16
114	谋道不谋食，忧道不忧贫——纪念刘乃和先生诞辰 100 周年	2018-04-16
115	改作风、强能力、见成效丨为了“双一流”建设，北师大机关人也是蛮拼的！	2018-04-17
116	改作风、强能力、见成效丨为了“双一流”建设，北师大机关人也是蛮拼的！	2018-04-18
117	明天，来图书馆遇见最美人间四月天！	2018-04-19
118	科技改变世界 对话共谋发展丨第二届亚洲科技减灾大会在京闭幕	2018-04-19
119	最美不过读书声丨 2018 年北京师范大学读书文化节正式启动！	2018-04-20
120	毕业六十载，这对耄耋伉俪为北师大捐资百万，背后的故事令人动容……	2018-04-20
121	看过来！这是北师大最全“吸猫”攻略！	2018-04-21
122	重磅丨北师大牵头成立“中国高校极地联合研究中心”！	2018-04-22
123	一周早报 | 一起奔跑吧，北师大！	2018-04-23
124	程建平一行访问香港和澳门特别行政区高校及合作机构	2018-04-23
125	听说北师大人有神秘“冻龄”秘方！	2018-04-24
126	只用 60s，你能拍下什么？	2018-04-25
127	在北师大，一眼看遍五彩斑斓的世界	2018-04-26
128	确认过眼神，这就是北师大运动健儿们！	2018-04-27
129	定了！北师大入选首批学位授权自主审核高校名单！	2018-04-28
130	晚安故事 | 读书不觉已春深	2018-04-29
131	快来看！谁是北师大最爱读书人？（最后有彩蛋）	2018-04-29

132	一周早报 | 该如何称呼你，我的小卫星？	2018-04-30
133	在线等，北师大人军训的真相究竟是什么？	2018-04-30
134	今天，我要公开向这些可爱的人告白！	2018-05-01
135	向总书记汇报：把青春写在边疆大地 做党和人民满意的好老师	2018-05-02
136	北师大师生热议习近平总书记考察北京大学重要讲话	2018-05-03
137	《人民日报》刊登北师大党委书记程建平署名文章：不断强化师范院校的教师教育办学特色	2018-05-03
138	北师大党委理论中心组专题学习习近平总书记考察北京大学重要讲话精神	2018-05-03
139	五四一起学 | 看北师大学子用书法展示总书记的青年说	2018-05-04
140	送你一匹马丨北师大校园青春短片清新上线	2018-05-04
141	青春恰自来丨听北师大毕业生古丽加汗向总书记诉说青春故事	2018-05-04
142	沙画 MV 丨遇见北师大——纪念马克思诞辰 200 周年	2018-05-05
143	晚安故事 | 那些年，鲁迅讲给青年的话	2018-05-06
144	北师大纪录片工作坊启动啦！是时候 pick 一下你的纪录片方案了	2018-05-07
145	《红海行动》斩获最佳影片！他们是大学生最喜欢的电影人！	2018-05-07
146	和北师大谈恋爱丨这一次，我想要长长久久	2018-05-08
147	军训进行时！“青春建功新时代 迷彩岁月绽芳华”演说大赛暨北京师范大学“思享杯”决赛举行！	2018-05-09
148	超燃！北师大军训上演真实版“绝地求生”！	2018-05-09
149	520 校园开放日来了！京师广场，约吗？	2018-05-10
150	北师大军训究竟是一种怎样的体验？过去八天，BNUer 军中生活大揭秘！（文末彩蛋）	2018-05-11
151	十年丨不能忘却的汶川记忆	2018-05-12
152	妈妈，节日快乐！	2018-05-13
153	这个由莫言牵头成立的中心五岁了！当代中国的文学教育将走向何方？	2018-05-14
154	请查收这一份千里外的牵挂丨这一次，我们一起为你们加油！	2018-05-15
155	探秘师大宝藏丨不看不知道，原来图书馆里还藏着这么多秘密！	2018-05-16

156	此曲只应天上有丨昆曲艺术了解一下	2018-05-17
157	多图预警丨军体拳、匕首操、步兵战术，军训汇演版《红海行动》震撼来袭！	2018-05-17
158	校园开放日抢先看！520，京师广场见！	2018-05-18
159	高考倒计时 20 天丨我们在北师大等你来！	2018-05-18
160	分享图片	2018-05-19
161	一周早报 | 知乎 ×BNU 心理学部 =“悄声抑郁”盐沙龙	2018-05-21
162	重磅丨北京师范大学2018年校园开放日，招生政策变化知多少？	2018-05-21
163	北京师范大学教育学部 2018 年全国中学生教育学夏令营招生简章	2018-05-22
164	520 这天，这群颜值爆表的北师大留学生引燃了全场！	2018-05-22
165	中国传统文化优秀作品联展丨快来 pick 一下吧！	2018-05-23
166	“纸短情长”八校联合书信交流活动来了丨有趣的灵魂万里挑一	2018-05-23
167	阿来来了！北师大迎来第 11 位驻校作家！	2018-05-24
168	北师大党委理论学习中心组专题学习习近平总书记在纪念马克思诞辰 200 周年大会和中共中央政治局第五次集体学习时的重要讲话精神	2018-05-24
169	什么，还有一周评教就结束了？据说还有好礼相送~	2018-05-25
170	再多的土味情话，都抵不过一句：“我把你写进了论文致谢里”	2018-05-25
171	国强公益基金会再度捐资 助力北师大国际教育人才培养	2018-05-26
172	毕业季丨我希望和你从校服到婚纱，从过去到无穷远的未来	2018-05-27
173	一周早报 | 我有树洞，你有信吗？	2018-05-28
174	我的青春我的梦丨北京师范大学征兵宣传主题曲发布	2018-05-28
175	北师大 6 位教师入选 2017 年度“长江学者奖励计划”！	2018-05-29
176	“首都百万师生同上一堂课”，北师大开讲了！	2018-05-30
177	唯才“师”举，遇见北师大 | 千人招聘	2018-05-31
178	北师大版“超时空相遇”！回到童年，你会做的第一件事情是？	2018-06-01
179	分享图片	2018-06-02
180	这个夏天，它们被北师大人单曲循环	2018-06-03

181	一周早报 ｜ 惊艳四座的《牡丹亭》现场演出即将亮相北师大！	2018-06-04
182	获得北师大研究生优先录取资格的秘诀是……	2018-06-04
183	敲黑板丨一张图带你了解北师大本科教学工作审核评估！	2018-06-05
184	明天高考，有句话你一定要知道！	2018-06-06
185	高考加油！ 2018 年北师大本科招考信息查询途径大揭秘！	2018-06-07
186	权威发布！北京师范大学 2018 年本科招生章程	2018-06-08
187	夜幕后的操场，不只有夜跑！“北师大操场百态图”，你是哪种呢？	2018-06-09
188	明天！北京师范大学第三届生涯体验周重磅来袭！	2018-06-10
189	一周早报 ｜ 决战邱季端——研究生篮球赛决赛	2018-06-11
190	重磅！最高奖励 50 万，“四有好老师”奖励计划正式启动！	2018-06-11
191	答题啦丨来参加 2018“大学悦读・阅读大学”系列活动吧！	2018-06-12
192	速看！北师大“看中国·外国青年影像计划”闪现上合峰会会场！	2018-06-12
193	期待！听说北师大男神女神们都将在这里 C 位出道？	2018-06-13
194	北师大，我们不说再见。	2018-06-14
195	北京师范大学 2018 年分省分专业招生计划出炉！内附近年录取分数线	2018-06-15
196	期末宝典丨最远的距离，是你在教二自习，我却在教七	2018-06-16
197	1、10、48、145…… 招办主任为你数读北师大！	2018-06-16
198	晚安故事 ｜ 我在努力长大，请你慢慢变老	2018-06-17
199	集体保研！四年奖学金 14 万！这个学霸女神宿舍值得你 pick！	2018-06-18
200	天涯海角，不负你青春年少！一曲《北师汉院的日子》，唱不尽那些年的木铎年华……	2018-06-19
201	前方福利！同学，不来一张完美的学位服照片吗？	2018-06-20
202	团团在北师大拍的这堂公开课，全国高校都在学！	2018-06-21
203	最全面的北师大报考咨询攻略来啦，请注意查收！	2018-06-22
204	2018 级学弟学妹们，我们在北师大等你来！	2018-06-22
205	一图秒懂！“四有好老师”奖励计划寻访出征在即！	2018-06-23

206	一张图带你秒懂“四有好老师”奖励计划！	2018-06-24
207	为新时代“四有”好老师画像！我们出征了！	2018-06-24
208	附直播链接丨2018 届本科毕业典礼暨学位授予仪式就在明天！	2018-06-25
209	今日一别，山高水长；明朝重逢，海阔天空！	2018-06-25
210	颜芳学长寄语：有一种努力叫“刻骨铭心”（视频 + 全文）	2018-06-26
211	董奇校长寄语：做一个有故事的人（视频 + 全文）	2018-06-26
212	你们好，最年轻的校友们！北师大 2463 位本科生今日毕业	2018-06-26
213	让青春插上理想和奋斗的翅膀丨柳斌杰学长在 2018 届研究生毕业典礼上的致辞（附视频）	2018-06-27
214	做一个有韧性的人丨董奇校长在 2018 届研究生毕业典礼上的致辞（附视频）	2018-06-27
215	4026 位研究生今日毕业！北师大举行 2018 届研究生毕业典礼	2018-06-27
216	2018 届博士毕业生袁方龙：我在北师大学到的“三种精神”	2018-06-28
217	“何以为师？”这名公费师范生在毕业典礼上给出了自己的答案！	2018-06-28
218	北京师范大学召开庆祝中国共产党成立 97 周年暨表彰大会	2018-06-29
219	@全体 2018 届毕业生丨快来领取你们的专属校友 E 卡吧！	2018-06-30
220	后会有期！毕业生们，你们心心念念的最美学位服照来啦！	2018-06-30
221	建党 97 周年 ｜ 今天，让我们一起致敬这位北师大人！	2018-07-01
222	点赞！北师大获准 42 项 2018 年度国家社科基金项目！	2018-07-02
223	离别第 3 天，我最怀念的，是教九的晨，是邱北的夜，是新外大街 19 号的青春年华	2018-07-03
224	被朋友圈刷屏，提名全国高校辅导员年度人物，这位北师大人靠实力圈粉！	2018-07-04
225	缅怀丨北京市优秀共产党员刘伯里：朴实无华 胸怀赤诚	2018-07-05
226	追忆丨这个老头儿不太冷	2018-07-05
227	沉痛悼念我国著名放射化学和放射性药物化学家、北师大教授刘伯里先生	2018-07-05
228	奥运冠军何可欣：北师大是我生命中不悔的选择	2018-07-06

229	纪念“七七事变”81 周年：铭记历史，珍爱和平	2018-07-07
230	晚安故事 ｜ 听说北京的夏天属于吃货	2018-07-08
231	曾经火爆全网的师大新闻播报重装来袭！今年他们带来的居然是？	2018-07-09
232	走向生态文明新时代！北师大主办 2018 生态文明贵阳国际论坛之“创新发展与绿色转型”高峰会	2018-07-10
233	中国的希望在教育丨北师大师生深切缅怀田家炳先生	2018-07-11
234	这个夏天，我已悄悄离开北师大	2018-07-12
235	有一种好吃的，吃一口就会有满满的幸福感！	2018-07-13
236	@所有 18 级师大新生，今天，首批录取通知书开始投递啦！	2018-07-14
237	重磅！北师大携手科大讯飞发布“讯飞教育脑计划”！	2018-07-15
238	当得知被北师大录取时，你在做什么？	2018-07-16
239	去哪里？去祖国最需要的地方！ 45 年，这两对北师大伉俪的高原寻梦之路，令人敬佩！	2018-07-17
240	还记得吗，你离开北师大多久了？这有一封来自金秋的邀约，请收下！	2018-07-18
241	听！国子监里的朗朗读书声！	2018-07-19
242	2018 全球人工智能与教育大数据峰会重磅来袭！	2018-07-20
243	最全面！北师大迎新群信息全搜罗！	2018-07-21
244	【缴费看过来】厉害了，聚合支付！银联、微信、支付宝，一扫了之！	2018-07-21
245	速递 ｜ 2018 全球人工智能与教育大数据峰会圆满落幕	2018-07-22
246	梦里星辰 ｜ 听一曲北师姑娘 看一位师大儿郎	2018-07-23
247	同学，这里有一份最强暑假留校生存攻略，请收好！	2018-07-25
248	重磅｜我国首份国家义务教育质量监测报告发布！	2018-07-26
249	井冈山、延安、嘉兴……“不忘初心，牢记使命”党性教育轮训火热进行中	2018-07-27
250	这个夏天，与北师大人一起寻找大国良师！	2018-07-28
251	晚安故事：假期到了，去旅行吧！	2018-07-29
252	全国首次专业学位水平评估 ｜ 北师大教育硕士获评 A+	2018-07-30

253	王栋：不忘初心，知行合一，怀梦远行	2018-07-31
254	刘嘉："双一流"建设贵精不贵多	2018-08-01
255	【程建平】高等教育 40 年：从精英化到大众化	2018-08-02
256	**热热热 热热热 热热热；北师姑娘教你如何像古人一样优雅地过夏天！**	2018-08-03
257	佳片有约，伴你度过炎炎夏日~	2018-08-04
258	微信步数也能识人？没想到你竟然是这样的北师大人！	2018-08-05
259	【光明日报】邓先华：要只是把教书当碗饭吃，他不会坚持 37 年	2018-08-06
260	过常宝：师范立校离不开一流的中文学科，每个师范生都是传统文化的"火种"	2018-08-06
261	【光明日报】郭秋维：一位农村小学校长的漫漫科普路	2018-08-07
262	闫佳琦：新传人即瞭望者，这是我应有的担当	2018-08-07
263	【光明日报】李广：扎根山村，为孩子营造世外桃源	2018-08-08
264	"贫穷"是否值得感谢？北师大心理咨询专家带你透视背后的贫困大学生问题	2018-08-08
265	【光明日报】黄亚飞：用残掌托起山区孩子的梦想	2018-08-09
266	从"鸟巢一代"到"新鸟巢一代"：北师大志愿者李菊回顾奥运十年	2018-08-09
267	小鲜肉驾到丨北京师范大学 2018 级本科生迎新系统填写指南	2018-08-10
268	太 skr 了！这才是北师大人暑假的正确打开方式！	2018-08-10
269	重磅！师范生"免费教育"升级为新时代"公费教育"！	2018-08-11
270	晚安故事：假期与父母相处之终极定律	2018-08-12
271	【寻访"四有"好老师】王宏：雪域雄鹰筑梦人	2018-08-13
272	宋长青：把握时代脉搏，建设一流地理学科	2018-08-13
273	【寻访"四有"好老师】马向阳：此心向阳 爱教一生	2018-08-14
274	国际赛事冠军！北师大健美操高水平队载誉而归！	2018-08-14
275	【寻访"四有"好老师】罗光祥：四十三载的村小坚持	2018-08-15
276	收藏 | 这五篇重磅"宣言"，你一定要读！	2018-08-15
277	这封万里之外的校友来信 戳中了泪点	2018-08-16

278	【寻访“四有”好老师】农加贵：一人一村一辈子	2018-08-17
279	七夕之际被这款小程序刷屏，可它的开发者仍是单身！	2018-08-17
280	假日院线第二弹——纪录片的夏天	2018-08-18
281	晚安故事 | 你在假期读书了吗？	2018-08-19
282	董奇校长在《光明日报》发表文章：质量监测如何为教育把好脉	2018-08-20
283	志愿者招募 | “四有好老师”奖励计划颁奖典礼就等你来！	2018-08-21
284	寻找大国良师，北师大人的脚步不曾停歇！	2018-08-21
285	精彩纷呈！探秘北师大附校平台教师的暑期生活！	2018-08-22
286	听说，教育部新来了一群 BNUer	2018-08-22
287	BNU 号云漫游特快列车即将出发！	2018-08-23
288	【寻访“四有”好老师】乔永斌：四十载，师心不改	2018-08-24
289	新生指南 | 史上最全的北师大美食攻略新鲜出炉啦！	2018-08-24
290	揭秘 | 我国首份义务教育质量监测报告诞生过程	2018-08-25
291	北师大女足威武！亚洲杯中国大学生足球选拔赛勇夺桂冠！	2018-08-25
292	晚安故事：我的假期日记	2018-08-26
293	收藏 | 一张图带你读懂北京师范大学一流大学建设高校建设方案	2018-08-27
294	收藏 | 一张图带你读懂北京师范大学第十三次党代会报告	2018-08-27
295	开学在即！北师大今年的 To-Do List 上还有哪些内容？	2018-08-27
296	【寻访“四有”好老师】赵翠娟：务实求真平凡心	2018-08-28
297	喜报！北师大赵朝峰教授入选高校思想政治理论课教师 2017 年度影响力人物！	2018-08-28
298	行李清单手账 | 萌新们出发前别忘了准备好这些	2018-08-29
299	迎新特别节目 | 新生群里的花式套路指南	2018-08-29
300	【寻访“四有”好老师】左天玖：教的是书，育的是人	2018-08-30
301	【寻访“四有”好老师】张惠霞：从教是一生的幸福	2018-08-30
302	北师大昌平校园 G 区最新照片！官方正版！欲点从速！	2018-08-30
303	【寻访“四有”好老师】王建：厚植乡土，匠心筑梦	2018-08-31

304	【寻访“四有”好老师】张宗茂：水田村不灭的烛光	2018-08-31
305	致敬大国良师！“四有好老师”奖励计划评选结果揭晓！	2018-08-31
306	明天见！迎新工作方案请查收。	2018-09-01
307	新生大数据 | 听说今年北师大新生天秤座最多……	2018-09-01
308	很高兴遇见你！对，就是你！	2018-09-01
309	晚安故事 | 你的新学期计划	2018-09-02
310	迎新日 | 遇见北师大，遇见更好的你	2018-09-02
311	创造网络时代的美好大学时光！北师大校长董奇寄语 2018 级新生（附视频）	2018-09-03
312	@BNU2018 级全体新生，今天是你们的开学典礼，梦想从这里启航！	2018-09-03
313	【寻访“四有”好老师】刘永兴、杨琼英：筑梦彩云之南	2018-09-04
314	【寻访“四有”好老师】唐自银：38 年铸就一位全能教师	2018-09-04
315	【寻访“四有”好老师】周凤兰：天保的“山茶花”妈妈老师	2018-09-04
316	北京师范大学新媒体中心，“媒”你不行！	2018-09-04
317	BNU 校友 E 卡重出江湖，一卡在手让你离校不离家！	2018-09-05
318	11 月，教博会，珠海见！	2018-09-05
319	北师大党委理论学习中心组专题学习贯彻习近平总书记给中央美术学院老教授重要回信精神	2018-09-06
320	志愿青春最美！看中非合作论坛北京峰会上的北师大学子！	2018-09-07
321	快和恩师拍一张穿越古今的教师形象照！ 2018 教师节最酷炫礼物！	2018-09-07
322	九段幕后故事 | 给颁奖典礼背后的他们颁个奖	2018-09-08
323	致敬大国良师！来和 50 万人一起来看“四有好老师”奖励计划颁奖典礼	2018-09-08
324	回顾 | “四有好老师”启功教师奖获奖者事迹短片	2018-09-09
325	顾明远先生获评“四有”好老师终身成就奖！ 100 万元奖金全部捐赠培养青年教师！	2018-09-09
326	康震：教师手持真理火种，传递真理火炬	2018-09-10
327	全国优秀教师林崇德：“严在当严处，爱在细微中”	2018-09-10

328	教师节，听听一名站了 70 年讲台的“教育老兵”的心里话	2018-09-10
329	回顾 ｜ “四有好老师”公益行动奖获奖团队事迹短片	2018-09-11
330	北师大师生热议习近平总书记在全国教育大会上的重要讲话｜新时代 @ 教育	2018-09-11
331	回顾 ｜ “四有好老师”公益行动奖获奖团队事迹短片	2018-09-12
332	纳贤 ｜ 北师大党委宣传部（新闻中心）招聘启事	2018-09-12
333	回顾 ｜ “四有好老师”公益行动奖获奖团队事迹短片	2018-09-13
334	北师大教育学部获批教育部首批“三全育人”综合改革试点单位｜新时代 @ 教育	2018-09-13
335	招新 ｜ 北师大学生记者团，还差一个你	2018-09-14
336	一张图读懂第四届中国教育创新成果公益博览会！	2018-09-14
337	北师大的那些日子，我想悄悄对你说	2018-09-15
338	这周末，我在“百团大战”，你呢？	2018-09-16
339	开讲啦！北师大图书馆信息素养系列讲座如约而至！	2018-09-17
340	权威发布 ｜ 北京师范大学 2019 年接收校内外推荐免试硕士／博士研究生办法	2018-09-17
341	新时代 @ 教育 ｜《一片丹心育桃李——于丹》获评教育部新时代教师风采公益广告入围作品	2018-09-18
342	权威发布 ｜ 北京师范大学 2019 年硕士研究生招生简章	2018-09-18
343	奥运冠军陈一冰带你燃烧卡路里！快来 pick《运动与健康促进》系列慕课！	2018-09-19
344	这是你从未见过的校园原创话剧！北国剧场，《新茶馆》等你！	2018-09-20
345	新时代 @ 教育 ｜ 师德榜样、教学名师……厉害了我的老师！	2018-09-21
346	北师大的小哥哥教你如何在中秋开心地吃月饼而不怕发胖	2018-09-22
347	晚安故事｜秋分至，秋意浓	2018-09-23
348	分享图片	2018-09-24
349	北师大又双叒叕有剧看啦！原创校园多媒体话剧《兰若寺》等你来！	2018-09-25
350	在北师大，有一个中文比你好的非洲朋友是怎样的体验？	2018-09-25

351	北京师范大学“一带一路”学院成立！全方位助力共建“一带一路”走深走实！	2018-09-26
352	权威发布 ｜ 排在 00 后爱豆第一位的，居然不是小鲜肉？！	2018-09-27
353	秋款试色丨快进来 pick 属于你的限定版“师大色号”吧！	2018-09-28
354	一个美国学生用中国元素设计的作品，让日本教授爱不释手！一起领略超越国界直击人心的“汉字之美”！	2018-09-29
355	晚安故事 ｜ 来年秋风起，等风也等你	2018-09-30
356	分享图片	2018-10-01
357	如何在北京度过一个文艺的国庆。	2018-10-02
358	师大绝美十月日历，请你收下这份美好！	2018-10-02
359	走在时代的春天里 ｜ 北师大中文系 1978 级 3 班的“黄金时代”	2018-10-03
360	新手村攻略，带你解锁北师大的隐藏副本	2018-10-04
361	致 18 级的小可爱们：军训，我想对你说	2018-10-05
362	携笔从戎 ｜ 我的青春，在军旗上飞扬，淬火成钢只为守护那份信仰	2018-10-06
363	点击进入师大人的国庆朋友圈，治愈假期余额不足的不开心！	2018-10-07
364	当你需要温暖，而我们都在	2018-10-07
365	终于等到你！北京师范大学昌平校园喜迎首批新生！	2018-10-08
366	BNU 返校日 ｜ 四十载再聚韶华，归来仍是少年	2018-10-09
367	忠于有趣 ｜ 一个浪漫主义创业者的 3.5 次尝试	2018-10-10
368	《关于实施卓越教师培养计划 2.0 的意见》正式发布！全面引领教师教育改革发展！	2018-10-11
369	双料冠军！厉害了，我的北师大女足姑娘！	2018-10-12
370	234 5464 744 326 32 983 96 24 64	2018-10-13
371	在秋意渐浓的校园里，这些温暖的歌，我想让你听到	2018-10-14
372	一周早报 ｜ 听说京师美术馆有一场治愈心灵的绘本插画展？	2018-10-15
373	北师大校歌 MV 新版 C 位出道！带你读懂 TA 的前世今生！	2018-10-15
374	90 后徒弟眼中的“80 后”师父——写在顾明远先生从教 70 周年之际	2018-10-16

375	留学记 ｜ 从看图识字到“习明纳尔”，顾明远先生的莫斯科求学故事	2018-10-16
376	重阳心语 ｜ 我拼了命地跑，却再也追不上你的背影	2018-10-17
377	@全体北师大人 ｜ BNU 本科教育之旅即将启航，“木铎号”上还差一个你！	2018-10-17
378	北师大心理学部创新创业教育中心即将启用！我安排上了，你呢？	2018-10-18
379	报告团长，18 级新兵正于顺义前线操练，请指示！	2018-10-18
380	BNU 本科教育之旅 · 第 2 站 ｜ 教育学部：未来教育领袖的摇篮	2018-10-19
381	恐龙送快递？爸爸是怪物？点击进入奇幻多彩的绘本平行世界！	2018-10-19
382	BNU · SNAP ｜镜头下的师大穿搭，秋天和你都是景	2018-10-20
383	19 号电影馆 ｜ 你的青春期	2018-10-21
384	BNUer 军训记：零零后迷彩青春请检阅！	2018-10-21
385	BNU 本科教育之旅 · 第 3 站 ｜ 地理科学学部：地藏经纬 理统九州	2018-10-22
386	三十年躬耕贫困研究！“中国收入分配先生”荣获全国脱贫攻坚奖创新奖！	2018-10-22
387	BNU× 科研 ｜ 近期学术成果速览	2018-10-23
388	BNU 本科人才培养 ｜ 北师大办学定位和培养目标，你知道多少？	2018-10-23
389	BNU 本科教育之旅 · 第 4 站 ｜ 心理学部：追本溯源 求真慧人	2018-10-24
390	BNU 本科人才培养 ｜ 本科教改：促进学生个性化发展	2018-10-24
391	北京师范大学 2019 年博士研究生招生简章	2018-10-24
392	BNU 本科教育之旅 · 第 5 站 ｜ 历史学院：人文荟萃 博古通今	2018-10-25
393	爱上你，只需要五十五天	2018-10-25
394	BNU 本科教育之旅 · 第 6 站 ｜ 数学科学学院：百年数学 弦歌不辍	2018-10-26
395	BNU 本科人才培养 ｜ 聚焦课堂，提升课程教学的不可替代性	2018-10-26
396	凝固时光，水晶球中的梦幻师大	2018-10-26
397	BNU 本科教育之旅 · 第 7 站 ｜ 物理学系：物含妙理 师传真知	2018-10-27

398	高原科学与可持续发展研究院成立！北师大联手青海省打造高原研究珠穆朗玛峰！	2018-10-27
399	@南国北师，我这里的银杏黄了，你那里呢？（文末有锦鲤）	2018-10-28
400	BNU 本科教育之旅 · 第 8 站 ｜ 生命科学学院：求真治学　弘文励教	2018-10-29
401	揭秘！师大人的好胜心都用在了哪儿？	2018-10-29
402	BNU 本科教育之旅 · 第 11 站 ｜ 环境学院：毋忘在莒　励精图治	2018-10-30
403	BNU 本科教育之旅 · 第 10 站 ｜ 天文系：仰望星空　脚踏实地	2018-10-30
404	BNU 本科教育之旅 · 第 9 站 ｜ 化学学院：崇德　敬业　探微创新	2018-10-30
405	惊！师大学子的笔记原来是这样……	2018-10-30
406	BNU 本科教育之旅 · 第 14 站 ｜ 统计学院：传统计之道　铸师范之魂	2018-10-31
407	BNU 本科教育之旅 · 第 13 站 ｜ 外国语言文学学院：融中西百年　汇古今万卷	2018-10-31
408	BNU 本科教育之旅 · 第 12 站 ｜ 经济与工商管理学院：经邦济世　励商弘文	2018-10-31
409	这不只是一场说走就走的“侣行”	2018-10-31
410	双城记 ｜ 锦鲤来啦！	2018-11-01
411	BNU 本科教育之旅 · 第 17 站 ｜ 汉语文化学院：洋“桃李”遍五洲	2018-11-01
412	BNU 本科教育之旅 · 第 16 站 ｜ 新闻传播学院：传薪播火 光明在望	2018-11-01
413	BNU 本科教育之旅 · 第 15 站 ｜ 法学院：德育英才　法行天下	2018-11-01
414	深切缅怀王光英学长	2018-11-01
415	BNU 本科教育之旅 · 第 19 站 ｜ 艺术与传媒学院：全学科艺术教育重镇	2018-11-02
416	BNU 本科教育之旅 · 第 18 站 ｜ 政府管理学院：政管经世　致知明德	2018-11-02
417	叮咚，你有一份十一月的月历问候。	2018-11-02
418	BNU 本科教育之旅 · 第 21 站 ｜ 信息科学与技术学院：博学慎思 知行合一 厚德至善 弘毅创新	2018-11-03

419	BNU 本科教育之旅 · 第 20 站 | 哲学学院：与时代共命运 为民族启慧思	2018-11-03
420	师大的秋，是叶子做了一场金黄的梦	2018-11-03
421	BNU 本科教育之旅 · 第 23 站 | 体育与运动学院：守正创新 坚卓致远	2018-11-04
422	北师姑娘 | 喜欢你的从 A 到 Z	2018-11-04
423	BNU 本科教育之旅 · 第 22 站 | 社会学院：德高志远 博学艺精	2018-11-05
424	早报 | 硬立场与软情怀的交融，一起来听外交官学长的成长经历吧！	2018-11-06
425	聚焦丨北京师范大学本科教学工作审核评估进行时	2018-11-06
426	一年好景君须记，正是立冬别秋时	2018-11-07
427	到了该晒娃的年纪？快来看看 BNUer 的教育实习日常	2018-11-08
428	聚焦丨北京师范大学本科教学工作审核评估专家意见反馈会举行	2018-11-09
429	错过了珠港澳大桥通车？错过了歼 10B 眼镜蛇机动？千万不能再错过第四届教博会！	2018-11-10
430	这篇推送是双 11 北师大限量版！	2018-11-11
431	师大美景征集令 | 如果，你是好“摄”之徒……	2018-11-12
432	汇聚 碰撞 变革 | 第四届教博会，以教育创新的名义呼唤你！	2018-11-13
433	木小铎带你看教博：总有一款创新，惊艳到你！	2018-11-14
434	互动 | 在北师大，辅修是一种怎样的体验？	2018-11-15
435	师大宝藏 | 四大博物馆奇闻录	2018-11-16
436	想不出标题，就是好听	2018-11-17
437	晚安故事 | 北师夜宵图鉴	2018-11-18
438	一周早报 | 声而不凡，校歌赛十强决战邱季端之巅	2018-11-19
439	BNUer 小骄傲！我的体育，是“奥运冠军”教的！	2018-11-19
440	首批！北师大入选教育部中华优秀传统文化传承基地！	2018-11-20
441	BNU · SNAP 第二弹 | 师大秋冬时装周：老师们的秀场，不只是课堂！	2018-11-21
442	感恩相遇 BNU 丨小纸条，是你的温暖和深情	2018-11-22

443	BNU 校友故事丨忻顺康：望之俨然，即之也温	2018-11-23
444	师大芳华 ｜ 77、78 级校友的四十年记忆	2018-11-24
445	BNU 校歌赛落幕 ｜ 关于第一个上场的尼泊尔小哥哥，我有话要说！	2018-11-25
446	一周早报 ｜ 来图书馆领悟列夫·托尔斯泰的生命启示吧！	2018-11-26
447	师德是根本！听教育大咖解读新时代教师“十项准则”	2018-11-26
448	北师大 2 位校友入选！党中央拟表彰 100 名改革开放杰出贡献对象！	2018-11-27
449	这些在师大的“第一次”，你还记得吗？	2018-11-28
450	第十六届青教赛，有颜又有料！且看我师“青椒”如何打造“金课”？	2018-11-29
451	登顶亚洲之巅！北师大女足队员王霜当选“亚洲足球小姐”！	2018-11-30
452	师大月历丨二零一八与你的最后约定	2018-12-01
453	晚安故事 ｜ 我在京师广场，等今冬帝都第一场雪	2018-12-02
454	一周早报 ｜ 这个周五，一起来听一位摄影师的藏区旅行故事！	2018-12-03
455	让教育点亮每个人！ GES 2018 未来教育大会开幕，融合创新成共识	2018-12-03
456	校友风采丨陈松蹊学长当选美国科学促进会会士（AAAS Fellow）	2018-12-04
457	国家宪法日丨 BNUer 和宪法的六个约定	2018-12-04
458	伟大的变革！北师大学子自编自导 MV，献礼改革开放四十周年！	2018-12-05
459	谁动了我的推送！！！	2018-12-06
460	大雪时节，感受这一份北师大人带来的温暖	2018-12-08
461	一二·九 ｜ 传承师大红色基因，唱响改革时代先声	2018-12-09
462	穿汉服、吹竹笛、写律诗……古风席卷，这群师大学子化身翩翩少年	2018-12-10
463	师情话忆四十年 ｜ 邀你穿梭时光隧道 走过跨越之门 感受四季如歌	2018-12-11
464	@官微二十万粉，口令红包来啦	2018-12-12
465	生活实录 ｜ 属于师大的夜色	2018-12-13
466	BNU 学院揭秘系列丨身材怎么练？这里有你想要的答案！	2018-12-14

467	听说这条推送选在今天发是因为拥有四六级锦鲤体质	2018-12-15
468	晚安故事 | 故乡在远方	2018-12-16
469	非遗进校园！第六代“泥人张”来了！	2018-12-17
470	VR 展厅上线 | 登上时光专列，回忆专属于北师大人的四十年辉煌历程！	2018-12-17
471	波澜壮阔四十载！北师大师生热议习近平总书记在庆祝改革开放 40 周年大会上的重要讲话	2018-12-18
472	期末将至，这里有一份 BNUer 专属 PPT 模板大礼包等你签收！	2018-12-19
473	在师大，办一场学生活动需要多少心血？	2018-12-20
474	考研冲鸭！我在北师大等你来！	2018-12-21
475	冬至特别篇：北师大的风味人间	2018-12-22
476	BNUer 的宿舍微信群名，80% 都让人脸红心跳	2018-12-23
477	买家秀 VS 卖家秀？我和“泥人张”一起捏泥人！	2018-12-24
478	高举团旗跟党走 | 共青团北京师范大学第十四次代表大会召开	2018-12-24
479	男神女神？遥不可及？NoNoNo……他们是青春逐梦路上的身边榜样！	2018-12-25
480	谁是中国教育“最强大脑”？北师大三家智库入选 CTTI 高校智库百强榜！	2018-12-26
481	盘点 2018 | 这一年，这些学术成果占领了北师大头条！	2018-12-27
482	“改革先锋”进师大 | 听战斗英雄讲述不朽的老山精神	2018-12-28
483	叮！请查收来自新外大街 19 号的新年祝福！	2018-12-29
484	师大月历 | 二零一九，和南国北师共赴一场初雪之约	2018-12-30
485	新年献礼 | 我和我的祖国，北师大师生深情放歌，比心中国！	2018-12-31

后　记

无微不至的 365 天

一年的时间有多短?

来不及体验大学生涯的每一种滋味，来不及逛完一座城市的每一个角落，来不及记住生命中遇到的每一个人，来不及使一株幼苗长成参天大树。

一年的时间有多长?

足够让一名尚显青涩的高中生入学初识门庭，逐渐感知一所学校过往的岁月和温情的变化；足够结识一群为同样的事业并肩奋斗的伙伴；足够完整地走完一个四季的更替，见证一年里的夏雨冬雪，秋月春风。

一年的时间不算太长，却也不算太短。在过去的十二个月、52周、365天里，每一天我们都如常送上来自官微的问候。“师大官微，无微不至”，从学校大事到生活细节，从学术大咖到普通师生，从“一周早报”到“晚安故事”，我们聚焦要闻要事，也关注身边的温暖与感动。我们偶尔也皮一下，成为你今日的快乐源泉，为学习劳累的你送上一份轻松的调剂。我们记录校园里的鲜活，记录北师大人的故事，记录这方校园的点滴变迁，记录这所百年名校与祖国同呼吸共命运的步伐。

2018，官微陪伴你走过晴天，也走过阴天。这一篇篇推送，正扮演着时光的记录者，让我们在回顾来路时，有所凭借，有所寄托。

我们精选了2018年的部分推送，集结成这本书。从色调、版式的确定，到图片的挑选、修饰，再到文字的润色与加工，反反复复地修改，力求把每一条推送都做到更好。当点击发送，看到推送陆续送达每一位用户后，是最紧张也是最期待的时刻，在这一刻，通过这一条条推送，我们与每一位关注北师大官微的你，有了独特的联结。涌入后台的留言里，有鼓励、温情的话语，也有抑制不住的向往与憧憬，更有理智的建议。在这些热心的留言里，我们收获了温暖和前进的力量，那些不断推翻直至最终敲定的选题，那些反复推敲前后斟酌的字句，也因此变得更有意义。

感谢每一位关注师大官微、心系师大发展的你，每一条留言、每一次转发、每一个点赞，都是对我们莫大的鼓励。正是有你们的支持，我们才有了不断前行的动力。

感谢党委宣传部的每一位同事，感谢新媒体中心团队的每一位成员。并肩前行的日子里，辛勤的汗水与思维碰撞的火花，都凝聚在一条条推送的字里行间。

流水带走了光阴的故事，却带不走我和你。在这部书里，我们无法一一穷尽所有故事和感动，然而那些更加丰富、更加珍贵的回忆，早已被收存在心。

聚沙成塔，积水成渊。这样的微光一缕，或许并不能光芒万丈，但一束束光线聚集，也可以为你照亮前行的道路。愿我们的微光，能够成为伴随你的一盏明灯，为你驱散阴霾与黑暗。

【来自官微小编的心里话】

若总结我的四年北师大，官微一定是最浓墨重彩的一笔。从编辑不太熟练，偶尔还会出现 bug 的小组成员到每周五会聚科技楼，绞尽脑汁想选题的组长；再到统筹每周编辑任务，协调各方事物的官微编辑，四年里，这里见证了我的蜕变和成长。可能你加入官微，日子不再是简单的学习和生活。每周你需要想选题、策划、编辑推送，甚至遇到紧急情况，都会蹲在大马路上开热点改推送。但当你看到大家自发地转发和点赞时，那种油然而生的满足感是什么也替代不了的。和一群朋友做能让自己骄傲的事情，这大概就是我这么喜爱官微的原因吧。

——刘子葳

于我而言，官微就像一艘不断前行的大船，我们既是同行者，又是划桨人。在官微一年多的时间里，幸运的是与大家一同见证官微的成长。从转微博、微信、抖音等平台的紧密合作，到一个个新栏目的推出，再到一篇篇创意迭出、文思飞扬的推送的发出，这背后，是官微团队里组长与组员的绞尽脑汁、编辑与美工的分工协作。感谢在官微遇到的所有老师与同伴，相信与大家一同经历的苦与乐，都将成为我们筑梦路上永不熄灭的灯火。

——周林怡

怎么说呢，为官微做事情，使人焦虑而又让人心安。做新媒体方面的小编，日常会有焦虑。采编组每周绞尽脑汁想选题，在脑洞枯竭的边缘疯狂试探，然后再在朋友圈征集素材，完成初稿后一步一步修改直至理想状态。如果是时效性很强的选题，马上进入爆肝模式，争分夺秒踩着午夜的分界线群发。焦虑归焦虑，这里更多的是心安。什么样子的心安呢，有选题会上讲着讲着就跑题的轻快气氛，有一起为选题艰苦奋斗的革命友谊。做推送的时候，能找伙伴吐吐槽，请伙伴帮帮忙，大家总是有寄托的，知道自己在做什么，也知道会有同学陪伴，有老师指引。不管焦虑还是心安，这些都是珍藏的记忆。

——唐尧佳

在官微大大小小的工作中，我能够感受到校园风景与故事的心跳，既有了发现生活美感的敏锐嗅觉，也有了探索新鲜的勇气。对我来说，在官微的日子是一种特别的经历与成长。我学习到了各种各样的新技能，认识了一群一起

"掉发"的好朋友，也收获了满满的工作经验，让我感到生活充实而又有意义。新媒体工作有挑战性、有新鲜感，时事新闻和校史故事并举，人文情怀与逻辑思维并生。我们就默默在历时与共时的平衡中窥见自然、人文、科学与人性的光辉，展现身边的温柔一角。我们满怀热忱，拼接信息的碎片，拥抱生活中平凡的灵魂。将想象力具象化成一篇篇文字，让浩瀚色彩纳入一张张照片。特别感谢官微的平台，能让我的付出被看见，被期待。也希望和官微一起继续成长。

——张一帆

站在2019的中途回望2018，想起这一年，我从师姐的羽翼下探出头来，成为了独当一面的组长。彼时的摄影组还未有周详的计划和排班，但有最赤诚的初心，为每一次的定格，为每一次的相聚。官微是流动的整体，这里会不断涌入新鲜的血液，所以这里永远年轻。而于我们而言，那一段为之燃烧过的生命、注入的心血与热爱，都是这一程最灿烂的颜色。

——龚听

从大一开学进入官微开始，我已经在官微度过了两年的时间。我们官微作为学生记者团最年轻的团体，虽稍显稚嫩但有创造力，虽不完美但有冲劲，一直以来都努力将时效性和内容精彩度结合在一起。在这里，我认识了几位可亲可敬的老师，结交了很多有趣可爱的朋友，每周一次的例会既是我们思想碰撞的时刻，也是友谊发酵的契机。

——邓子寒

从大一进入官微开始，我已经在官微待了两年时间。在这里认识了好多非常好的朋友，我们一起在选题会的时候点奶茶，在食堂做推送，在大马路上开热点。在这里，也遇到了好多非常好的老师，老师们都像大哥哥大姐姐一样耐心地教你。在这里，我获得了好多锻炼自己能力的机会，也有了参加大型高端会议的经历。非常感谢官微这个平台，希望官微三大平台接下来年年都能疯狂涨粉!

——黄钊艺

于我而言，这里几乎是我大学课堂外最重要的地方。我不仅得以学习和领悟有关学校宣传部门和新媒体工作的一切，成长为一个可以从策划选题到完成选题的小编，也在这里认识了很多一直耐心指导我们的老师、共同努力的朋友。

——陈可欣